두 개의

Over
the wall

장벽

두 개의
장벽

Over
the wall

레나테 아렌스 글 ✦ 정선운 옮김

꿈꾸다

차 례

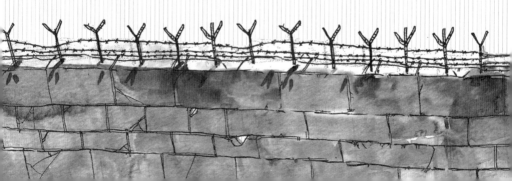

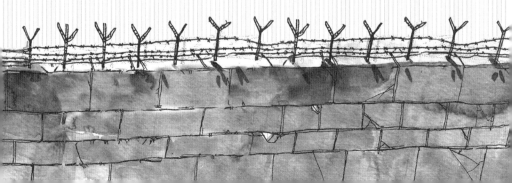

뭔가 잘못되었다

카로는 수영장 옆 잔디밭에 누워 하늘을 바라보았다. 구름 한 점 없는 날이었다. 마치 여름이 온 듯 볕이 뜨거웠다. 카로의 생일 파티가 열렸던 2주 전만 해도 점퍼를 입고 다녔는데 말이다.

카로는 목걸이를 만지작거리며 생각했다. 목에 닿는 느낌이 시원하고 좋았다. 지금까지 받은 생일 선물 가운데 가장 만족스러운 선물이었다. 은으로 된 줄에 연푸른 보석 펜던트가 달려 있는 목걸이였다. 카로가 목걸이 선물 상자를 열었을 때 엄마는 카로보다 더 흥분했다.

"이 목걸이 네 아빠가 준 거란다."

"정말이에요?"

"엄마 스무 살 생일 때 아빠한테 받은 거야."

"그동안 왜 걸고 다니지 않았어요?"

"그러게. 음, 이제 너도 중학생이니까 목걸이 하고 싶어 할 것 같은데……."

"이 보석 엄청 예뻐요!"

"가까이 오렴. 엄마가 목에 걸어 줄게."

엄마는 아빠에 대해 한 번도 이야기한 적이 없었다. 카로가 알고 있는 것이라고는 아빠가 자신이 태어나기 전에 사고로 돌아가셨다는 것뿐이었다. 엄마는 심지어 아빠의 사진 한 장 가지고 있지 않았다. 그러니 카로와 아빠는 아주 오랫동안 서로를 모른 채 살아올 수밖에 없었다.

카로는 거실로 달려가서 거울에 비친 자신의 모습을 보았다.

"내가 아빠와 닮았어요?"

"넌 아빠랑 눈이 꼭 닮았어. 연갈색 눈동자에 주위가 푸른 것까지 말이야."

카로는 거울에 더 가까이 다가갔다. 그곳에는 멋진 눈을 가진 자신이 서 있었다.

"아빠를 사랑했어요?"

"물론이지."

"그런데 왜 목걸이를 하지 않았어요?"

엄마는 아무 말이 없었다. 마치 금방이라도 울 것만 같은 얼굴이었다. 잠시 뒤 엄마는 허리를 숙여 포장지를 줍더니 아침을 먹으러 가야겠다고 중얼거렸다. 카로는 더는 물어보지 않아야 한다는 것을 알아차렸다. 하지만 오늘 일이 꼭 나쁘지만은 않았다. 태어나서 처음으로 그동안 알지 못했던 아빠의 물건을 갖게 되었으니까.

카로는 몸을 일으켜 바로 앉아 연푸른 보석 부분을 다시 만져 보았다. 그러면서 생각했다. 아빠가 준 목걸이라는 이야기는 아무한테도 말하지 않으리라고.

"안녕, 카로!"

리카가 다가오고 있었다.

"아, 이제 왔구나!"

"더 일찍 빠져나올 수 없었어."

리카가 수건을 펼치며 말했다.

"집 안이 다시 난장판이 되었어."

카로는 이를 드러내며 방긋 웃었다. 리카네 집은 엉망진창이지 않은 날이 없기 때문이었다.

"우선 알렉스 오빠가 수학 시험에서 또 E 점수를 받았는데 아빠는 아마 1년 내내 반복될 거라며 완전 흥분 상태였어. 게다가 도우미 아주머니가 수플레(달걀흰자, 밀가루, 버터를 섞어 구운 요리)를 태워 우리는 점심을 소시지와 감자튀김을 포장해 와서 먹었어. 그리고 마침내 점심을 다 먹고 내가 외출하려는데 엄마는 차 열쇠가 없어졌다고 엄청 화를 냈어. 하필이면 바로 오늘 어떤 거물이 화랑을 보러 온다고 했다는데 말이야."

"그래서 차 열쇠는 찾은 거야?"

"차 안에 있었어."

둘 다 큰 소리로 웃었다.

카로는 리카 가족의 엉망진창 같은 이야기를 좋아했다. 그래서 리카의 집에 가는 것을 좋아했다. 그곳에서는 언제나 무슨 일이 벌어졌다. 그에 비해 카로의 집은 늘 조용했다.

"우리 집도 너희 집 같으면 좋겠어."

그 말에 리카가 대답했다.

"나는 괴롭히는 오빠도 없고 엄격한 아빠도 없으면 좋겠어. 엄마도 젊으면 더 좋고."

리카는 엄마가 곧 50대가 된다는 사실을 끔찍하게 생각했다. 하지만 카로는 엄격한 아빠도 나이 많은 엄마도 부러웠다. 오빠도 하나쯤 있으면 좋겠다고 생각했다. 딱 알렉스 같은 오빠 말이다.

"그래서 너희 오빠는 앞으로 공부한대?"

"몇 년째 과외 받고 있잖아. 수학하고 영어. 일주일에 네 번씩."

"일주일에 네 번이라고? 스트레스 엄청 받겠네!"

"그렇게 말할 줄 알았어. 너하고 나하고는 학교 수업만 받으면 되니 무지 다행이지. 나는 알렉스 오빠가 숙제하느라 땀을 뻘뻘 흘리는 것을 볼 때, 그런 오빠 옆에서 엄마가 한숨 쉬는 것을 볼 때……."

"그 얘기 들으니 생각나는 게 있어. 우리 다음 영어 시험은 언제야?"

"금요일. 하지만 별로 신경 쓸 것 없어."

카로는 고개를 끄덕이더니 다시 등을 대고 누웠다. 여전히 하늘에는 구름 한 점 없었다. 아마도 여름 날씨는 내내 이럴 것이다.

"카로야?"

"왜?"

"우리 머리 자르러 갈까?"

카로가 재빨리 일어났다.

"머릿결이 상했어?"

"엄마는 내 금발 꽁지머리를 볼 때마다 난리야."

"엄마가 왜 그러실까? 나는 네 머리카락이 좋은데."

카로가 길고 검은 머리카락을 손가락으로 돌돌 말며 말했다.

"네 머리카락이 훨씬 근사해. 굵기도 하고."

"말도 안 돼!"

카로는 그렇게 말하고는 리카를 툭 치며 일어났다.

"자, 수영이나 하자!"

둘은 몇 차례 시합을 했고 다이빙 연습도 했다. 숨이 찰 때까지 잠수도 했다. 완전히 지칠 때까지 놀고 나서야 수건 위로 쓰러졌고 태양 아래 누워 몸을 말렸다.

집으로 오는 길에 카로는 저녁거리로 살라미 피자를 사려고 슈퍼마켓까지 자전거를 타고 갔다. 엄마는 학교에서 회의가 있어 6시 전에는 집에 올 수 없었다.

쿤스베그(함부르크에 있는 카로가 사는 동네)에 들어서자 카로는 자전거를 지하실에 내려놓아야 할지 엄마와 알스터 호수 근처를 한 바퀴 타러 나가게 되면 넣지 말아야 할지 고민이 되었다. 카로는 자전거를 도로 변에 사슬로 묶어 놓기로 했다.

1층 현관 앞에 베커 아주머니가 애완견 도베르만과 함께 있었다.

"다시 나갈 거니?"

베커 아주머니는 언제나 꼬치꼬치 캐물었다.

"네. 그런데 왜요?"

"요즘 애들은 숙제가 전혀 없는 것처럼 보이는구나."

"요즘 애들은 숙제를 금세 해 버린답니다. 그럼 저 지나가도 되죠?"

카로는 3층까지 쉼 없이 내달려 올라갔다.

카로가 막 집에 들어서는데 엄마 목소리가 들렸다.

"나도 방금 왔단다."

"회의는 어땠어요?"

"끔찍했어. 이번 교장선생님은 나를 굉장히 힘들게 하는구나. 학생들에 대한 얘기는 전혀 없어. 늘 규칙과 규정에 대한 얘기뿐이야."

"나중에 자전거 타고 한 바퀴 돌까요?"

"좋은 생각이네."

"그래요, 그럼. 피자를 오븐에 넣을게요."

"좋아. 그러면 나는 할아버지한테 빨리 전화 드려야겠다."

"제 안부도 전해 주세요. 제가 주말에 들른다고 할아버지께 말씀드려 주세요."

피자가 거의 익을 무렵 아파트 공동 현관 벨이 울렸다.

"누구세요?"

카로가 인터폰으로 물었지만 아무런 대답이 없었다. 조이너 할아버지가 또 공동 현관문을 열어 놓은 게 틀림없었다. 아니나 다를까 그다음에는 집 현관 벨이 울렸다.

"누구세요?"

"내 이름은 마틴 클레스만입니다. 유타 델리우스를 찾고 있습니다."

카로는 문을 열었다. 한 번도 본 적 없는 남자가 창백한 얼굴로 서 있었다. 베레모를 쓰고 있었고 나이가 조금 들어 보였다. 말하는 억양도 낯설게 들렸다.

"엄마를 모셔 올게요."

카로는 엄마의 방문을 두드렸다.

"누가 엄마를 찾는데요."

"지금 통화 중이야."

카로는 남자에게 다가가 말했다.

"조금 있으면 나오실 거예요."

카로는 피자를 살펴보려고 주방으로 갔다. 치즈가 녹아 황금빛 갈색을 띠었다. 카로는 오븐에서 피자를 끄집어 낸 뒤 찬장에서 접시 두 장을 꺼냈다.

그 순간 거실에서 이상한 소리가 들려왔다. 카로는 숨을 죽였다. 마치 무언가에 억눌린 비명처럼 들렸다. 카로가 바로 주방에서 뛰쳐나가 보니 엄마와 남자가 복도에서 서로 꼭 껴안고 있었다. 남자의 베레모는 바닥에 떨어져 있었다. 카로는 목구멍 안이 뜨겁고 오그라드는 것처럼 느껴졌다.

'엄마는 왜 사랑에 빠졌다는 이야기를 하지 않았을까? 엄마는 왜 나한테 이런 장면을 보게 하는 걸까?'

카로는 남자를 노려봤다. 그의 머리에는 머리카락이 거의 남아 있지 않았다. 그리고 그의 양어깨가 떨리는 것을 알아차렸다. 그는 울고 있었다.

'왜 울고 있는 거지? 그리고 엄마는?'

엄마도 울고 있었다. 카로는 식은땀이 났다. 도대체 무슨 일이 벌어지는 건지 알 수 없었다. 카로가 할 수 있는 일은 엄마를 그 남자한테서 떼어 내어 식탁에 앉힌 뒤 피자 한 조각을 가져다주는 것이었다. 하지만 카로는 그 자리에 박힌 듯 움직일 수 없었다.

'크게 소리를 지를 수만 있다면!'

마침내 엄마는 그 남자를 밀어내고 카로를 향해 돌아섰다. 울어서 두 눈이 부었지만 반짝였다.

"카로야……."

엄마가 웃음을 지었다.

'도대체 무슨 웃음일까?'

"카로, 이 사람은 마틴이야."

엄마는 그렇게 말하고는 남자의 손을 잡았다.

"누구요?"

상대를 절대 놓아주지 않을 것처럼 꼭 잡고 있는 두 사람의 손을 내려다보며 카로가 물었다.

"너한테 어떻게 말해야 할지 모르겠구나."

"무엇을요?"

카로가 벽을 향해 몸을 돌리며 낮은 목소리로 읊조렸다.

"제발 날 좀 봐 주겠니?"

"왜요?"

"마틴과 나는…… 우리는…… 우리는 오랫동안 알고 지냈단다."

엄마의 말에 카로는 위가 꼬이는 것처럼 고통스러웠다.

"카로야……."

'안 돼.'

카로는 그렇게 속으로 외쳤다. 더는 아무 소리도 듣고 싶지 않았다. 그 순간 엄마가 카로의 어깨에 두 손을 올렸다.

"놔 줘요!"

"날 좀 봐."

카로는 몸을 돌릴 수밖에 없었지만 엄마를 쳐다보지는 않았다. 엄마의 반짝이는 두 눈을 보고 싶지 않았다.

"카로, 마틴은 네 아빠란다."

귓속에서 굉음이 울리는 듯했다. 그럴 수는 없다. 카로는 아빠가 없었다. 그 사람이 마치 베일 속에 서 있는 것처럼 느껴졌다. 그의 얼굴은 일그러져 있었다. 웃고 있는 건가, 울고 있는 건가.

"너무 놀랐을 거야. 나도 지금 막 내게 딸이 있다는 사실을 알게 되었으니까."

카로는 머리를 가로저었다.

"나는 아저씨 딸이 아니에요. 뭔가 착오가 있는 거라고요."

카로는 방으로 뛰어 들어가 문을 쾅 닫았다. 당연히 뭔가 잘못되었다. 어떻게 이 남자가 카로의 아빠가 될 수 있겠는가? 카로의 아빠는 죽었는데!

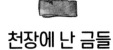

천장에 난 금들

카로는 무릎을 꿇고 앉아 두 주먹으로 관자놀이를 눌렀다. 머릿속에서 '아니야! 아니야! 아니야!'라는 소리가 울려 퍼졌다.

"사실이 아니야. 사실일 리가 없어!"

만약 사실이라면 엄마는 카로에게 그동안 거짓말을 한 것이다.

"카로?"

문밖에서 엄마가 부르는 소리가 들렸다.

카로는 방문 손잡이가 돌아가는 것을 지켜보며 제발 엄마가 사실이 아니라고 말해 주길 바랐다.

"카로야."

엄마가 낮은 목소리로 속삭였다.

카로는 꼼짝하지 않았다. 엄마가 다가와서 옆에 앉았다. 그러고는 카로를 두 팔로 안으려 했지만 카로가 엄마의 팔을 뿌리쳤다.

"사실이 아니라고 말해요!"

"카로야……."

"더 늦기 전에 사실을 말해 줘요."

"더 늦기 전에라니? 무슨 말이야?"

"만약 사실이라면……."

"사실이야. 마틴은 네 아빠란다."

"아니야!"

카로가 소리를 지르며 울음을 터뜨렸다.

"적어도 엄마가 설명할 기회는 다오."

엄마가 카로를 향해 손을 내밀며 말했다.

"만지지 마요!"

"카로야."

"저리 가요!"

"먼저 내 얘기를 좀 들어 봐."

"싫어요!"

"왜 그러는데?"

"거짓말쟁이. 엄마는 아주 나쁜 거짓말쟁이예요."

"카로야, 제발 나를 용서해 다오."

엄마도 울기 시작했다.

카로가 일어나서 창 쪽으로 걸어갔다. 흐르는 눈물 사이로 안 뜰에서 조이너 할아버지의 두 고양이가 싸우는 모습이 보였다. 흰 고양이가 검은 고양이 위에 올라탔다. 아마도 자기 밥그릇 가까이 가지 못하게 하려는 듯했다. 고양이들은 소리를 지르며 서로 할퀴었다. 그러다 검은 고양이가 마당 구석으로 물러나 상처를 핥아 댔다.

엄마가 코를 훌쩍이는 소리가 들렸다. 카로는 엄마가 아직도 왜 그 자리에 있는지 이해할 수 없었다.

"그때로 돌아가 모든 일이 어떻게 일어난 것인지 네가 안다면……."

카로가 돌아서며 소리쳤다.

"그 사람에게 당장 가라고 말하세요."

엄마도 일어나서 카로를 바라보았다.

"그건 아무 도움도 안 돼."

"무슨 도움이요?"

"이건 우리 가족에 관한 일이야."

"나는 그 사람을 몰라요."

엄마는 눈물을 닦고서 방을 나갔다.

카로는 머릿속이 점점 더 흐리멍덩해졌다. 침대에 몸을 던지고 천장을 바라보았다. 핏줄처럼 생긴 미세한 균열들이 천장을 뒤덮고 있었다.

'핏줄들이 터지면 어떤 일들이 벌어질까? 여기저기 조금씩 부서질까, 아니면 천장 전체가 무너져 내릴까?'

카로는 눈을 감고 몸을 옆으로 굴렸다. 지금 천장이 무너져 내린다 해도 카로는 전혀 개의치 않을 것 같았다.

배가 고프다는 게 느껴져 시계를 보니 9시 반이 지나고 있었다. 카로는 가만히 방문을 열고 귀를 기울였다. 거실에서 목소리가 들려왔다. 카로는 주방으로 가서 아무도 손대지 않아 쟁반 위에서 차갑게 식어 버린 살라미 피자 한 조각을 잘랐다. 그러고는 한 입 베어 무는데 복도에서 발소리가 들렸다.

"카로니?"

엄마는 카로가 방 밖으로 나오기를 기다린 게 틀림없었다.

"우리는 언제나 함께 모든 이야기를 나누었잖아."

엄마가 카로 옆에 앉으며 말했다.

"그 사람은 갔나요?"

"아니."

"가라고 해요. 다시 와서도 안 되고요."

"카로야, 내가 너를 실망시켰으니 나한테 화가 나 있는 건 충분히 이해해. 나는 그 사실을 너한테 숨기지 말아야 했어. 너도 알다시피 어른들도 실수를 한단다. 정말, 정말로 미안하구나. 앞으로 어떻게 해야 할지 모르겠어."

카로는 쉼 없이 피자를 입 안으로 밀어 넣었다. 그러다 갑자기 자전거가 아직 길가에 있다는 사실을 떠올렸다. 물론 알스터 호수를 한 바퀴 도는 일은 결코 일어나지 않을 것이다.

"내가 이해하지 못하는 건, 네가 왜 마틴에게 화가 나 있냐는 거야. 이 일은 마틴의 잘못이 아닌데 말이야."

"잘못이 아니라고요? 그 사람이 여기에 와서 모든 것을 망쳤어요. 그런데도 엄마는 그 사람 잘못이 아니라고요?"

카로가 주방을 뛰쳐나가 자신의 방문을 여는 순간 거실 문이 열리며 마틴이 들어왔다.

"카로!"

카로는 방문 손잡이를 움켜잡았다. 그 사람과 절대 말하고 싶지 않았다. 그 사람이 그 어떤 말을 해도 아무리 애원하는 눈빛을 보낸다 해도.

"내가 너무 많은 문제를 일으켜서 참으로 미안하구나."

카로는 방 안으로 들어가 방문을 쾅 닫았다. 그 사람 말대로 그는 당연히 미안해야 했다. 도대체 왜 나타났을까? 자신 때문에 일어날 혼란을 알아차리지 못했을까? 이제는 너무 늦어 버렸다.

카로는 거울 앞에 서서 퉁퉁 부은 두 눈을 바라보았다. 그러고는 목걸이를 움켜쥐었다. 목걸이는 그 사람에게서 온 것이 틀림없었다. 엄마가 원하는 것은 카로가 목걸이를 하고 있는 것을 그 사람이 보는 것일 테다. 카로는 목걸이를 확 잡아당겨 서랍 속으로 던져 버렸다.

카로는 침대에 누워 불을 끈 뒤 리카를 떠올렸다.

'내일 리카에게 오늘 일어난 일들을 말해야 하나? 안 돼. 너무 끔찍한 일이야. 리카에게조차 말할 수 없는.'

카로는 몸을 뒤척였다. 다음에는 무슨 일이 일어날지 궁금했다.

그러다 알람시계를 쳐다봤다. 새벽 2시 20분. 그러고 보니 남자와 엄마는 거실에서 몇 시간을 함께 있었다.

'만약 그 사람이 함께 살기 위해 이사를 온다고 하면 엄마는 어떻게 할까?'

카로는 엄마가 찬성할까 봐 걱정이 되었다. 그렇게 된다면 카로는 차라리 할아버지 집에 가서 사는 게 더 나을 거라고 생각했다. 할아버지도 싫어하지 않을 거라고 믿었다. 카로와 할아버지는 언제나 잘 지내 왔으니까.

머리카락을 자르고

다음 날 아침 카로가 주방으로 들어갔을 때 엄마는 식탁에 앉아 있었다. 머그잔 두 개, 시리얼 두 그릇, 숟가락 두 개. 카로는 마음이 놓였다. 남자가 밤새 머물렀을 거라고 카로는 생각했었다.

"좋은 아침, 카로."

엄마가 웃으며 말했다.

"그 사람은 어디 있어요?"

"마틴은 호텔로 갔어. 우리는 새벽까지 얘기를 나눴단다."

"내가 몇 시에 잠들었다고 생각하세요?"

"괜찮아질 거야. 우린 단지 시간이 필요해."

엄마의 목소리는 마치 카로를 설득하는 것처럼 들렸다. 카로는 시리얼 위에 우유를 붓고 먹기 시작했다. 그 남자가 주변에 있는 한 좋아지는 건 아무것도 없을 것이다.

"이제 다시 친하게 지내자."

엄마가 카로의 머리칼을 쓰다듬으며 말했다.

"하지 마요!"

카로가 소리를 지르자 엄마가 무척 놀란 얼굴로 카로를 쳐다보았다.

"그 사람을 자기가 살던 곳으로 가라고 하세요. 그렇게 할 때까지 친해지지 않을 거예요."

"카로야, 제발……."

"안 돼요!"

도대체 엄마는 무슨 생각을 한 것일까. 아무 일 없었던 것처럼 지낼 수 있을 거라고 생각한 것일까. 카로와 엄마 둘만 살 때는 멋진 삶이었다. 엄마와 함께했던 많은 일들이 떠오르자 카로는 다시 눈물이 샘솟았다. 엘베 강으로 소풍을 간 일, 두벤스테터 브룩 자연보호구역으로 자전거 여행을 간 일, 알스터 운하에서 보트를 탄 일 등이 스쳐 지나갔다. 비가 오는 날에는 극장에 가기도 하고 수영장이나 스케이트장을 가기도 했다. 때로는 아무 일 없이 그냥 아이스크림을 먹으러 가기도 했다. 카로가 지금보다 어렸을 때는 거의 매주 하겐베크 동물원의 시즌 입장권을 구해 코끼리를 보러 가기도 했다. 엄마는 이 모든 일들을 잊어버린 걸까. 아니면 엄마에게는 전혀 중요한 일이 아니었단 말인가. 엄마는 어느 날 남자가 나타나기만을 은근히 기대하고 있었을까. 카로가 기억하는 한 엄마는 남자와 함께 있었던 적이 없다. 언젠가 리카가 좀 이상한 일 아니냐고 물어볼 정도로 말이다. 엄마는 여전히 젊었다. 무엇보다 아름다웠다. 그러니 연인이 있다고 해도 전혀 이상한 일이 아니었다. 하지만 카로는 리카의 이야기를 듣고 싸울 뻔했다. 카로는 엄마의 나이 든 연인이 쓸데없이 참견하는 걸 원치 않았다. 그런데 남자가 갑자기 나타나서 카로와 엄마 둘만의 평화로운 관계를 깨고 모든 것을 엉망진창으로 만들고 세 사람이 함께하길 바라고 있다. 정상적인 가족처럼 아빠, 엄마, 그리고 아이가 되길 바라고 있다. 그런 게 정상이라고 누가 말했나. 카로는 그렇게 생각하며 차를 단번에 다 마셔 버렸다. 굳이 가족이라 부르게 되더라도 우리는 결코 정상이 아니었다.

"저녁으로 슈니첼(튀긴 고기 요리) 먹을 거니?"

"아무거나 상관없어요."

카로가 일어서면서 대답했다. 그러고는 재킷을 걸쳐 입은 뒤 가방을 집어 들고 문을 쾅 닫고 나갔다.

길거리에 세워 둔 자전거 옆을 지날 때 카로는 학교까지 자전거를 타고 가 볼까 생각했다. 그러면 학교에 도착할 때까지 그 누구와도 이야기하지 않을 수 있으니까. 하지만 그건 좋은 생각이 아니었다. 최근에 학교 운동장에서 자전거를 자주 도난당하는 일이 떠올랐기 때문이다. 카로에게 자전거는 꼭 필요한 것이었다.

언제나 그렇듯 버스 안은 사람들로 꽉 차 있었다. 카로는 사람들 사이를 비집고 들어가서 덩치 큰 남자들 사이에 자리를 잡았다. 운이 좋았다. 다음 정류장에서 리카가 타더라도 카로를 찾기 쉽지 않을 테니까. 하지만 리카는 너무나도 쉽게 카로를 찾아냈다.

"안녕, 카로."

"안녕."

"뭔 일 있니?"

"왜?"

"몰라. 좀 이상해 보이는데?"

카로가 어깨를 으쓱했다.

"엄마랑 다퉜니?"

"음……."

"지난밤 우리 집은 야단법석이었어. 다 내가 방을 치우지 않아서 생긴 일이지만. 우리 아빠는 별일 아닌 것도 크게 떠드는 사람이잖아. 아마 너는 우리 아빠랑 하루도 같이 못 살 거야."

카로는 생각했다.

'네가 우리 집에서 무슨 일이 벌어지고 있는지 알기만 한다면…….'

고작 방 청소쯤으로 야단법석을 떠는 일은 어제 카로네 집에서 일어난 일에 비하면 아무 일도 아닌 것이다.

"그 뒤 아빠는 저녁 먹을 때 엄마에게 잔소리를 해 댔지. 너 우리 엄마가 개를 키우고 싶어 하는 거 알지?"

"응."

"나도 알렉스 오빠도 개를 좋아하거든. 하지만 결벽증이 있는 아빠는 개들은 집 안을 더럽히는 존재일 뿐이라나."

카로는 또 생각했다.

'리카는 대체 언제 가족 얘기를 하지 않을까?'

"내 말은 아빠의 변명에는 정당한 근거가 없다는 거야. 아빠는 청소도 한번 하지 않는 사람이니까."

'제발 그 입 좀 다물어. 안 그러면 지금 내가 폭발할 것 같거든.'

하마터면 카로는 그렇게 말할 뻔했다.

"어쨌든 결국엔 엄마가 식탁에서 일어나며 말했지. '이 집에서 개가 살게 된다면 당신은 그 개한테 익숙해져야 해요.'라고. 그 말에 아빠도 화가 났는지 얼굴이 벌겋게 달아올랐지. 하지만 내가 장담하는데 엄마는 뜻대로 밀어붙여 개를 키우게 될 거야."

카로는 두 주먹을 꽉 쥐었다.

'한 정거장만 더 가자. 거기서 내릴 거니까.'

"야."

리카가 갑자기 불렀다.

"네 목걸이 어디 있어?"

"잃어버렸어."

"이런, 맙소사! 그것 때문에 문제가 생겼어?"

"음……."

"어제 수영장에서는 틀림없이 하고 있었는데. 확실해. 그럼 집으로 가는 길에 잃어버렸나? 너 슈퍼마켓에 가지 않았어?"

"음……."

"오늘 학교 끝나고 그곳에 들러 목걸이 봤는지 물어보자."

"아니야."

"왜 아니야? 아주 멋진 목걸이잖아. 그리고 그 목걸이 갖고 네가 엄청 좋아했잖아."

"찾고 싶지 않다고!"

카로가 큰 소리로 외쳤다.

"괜찮아? 무엇 때문에 소리를 지르는 거야?"

카로는 더는 소리를 지르지 않으려고 두 입술을 꽉 깨물었다. 바로 그때 버스가 학교 앞에 도착했다. 카로와 리카는 버스에서 내렸고 잠시 아무 말도 하지 않았다. 카로는 마음이 놓였다.

교실로 가는 길에 같은 반 친구인 데이비드와 스벤을 만났다. 그 애들은 수학 숙제에 대해 물었다. 리카가 수학 문제들을 어떻게 풀었는지 말했고, 그런 다음 그 애들은 언제나 숙제를 많이 내주는 코왈스키 수학 선생님에 대해 이야기하기 시작했다. 카로는 리카에게 사과하고 싶었지만 한 마디도 입 밖으로 꺼내지 못했다.

'하필 오늘 같은 날 리카와 다퉈야 했을까?'

카로는 낮게 한숨을 내쉬었다.

첫 시간은 독일어 수업이었다. 브룬스 선생님이 열심히 가르치는 동안에도 카로는 그 사람을 생각했다. 그 사람은 말만 우습게 하는 게 아니었다. 차림새도 우스웠다. 푸르스름하면서도 회색빛이 도는 파카와 공들여 주름을 다린 듯한 구식 바지에 시대에 뒤떨어진 구두를 신고 있었다.

"카로, 자는 거니?"

그 말에 카로는 깜짝 놀라 고개를 들었다. 브룬스 선생님이 카로 앞에 서서 이상하다는 듯 카로를 내려다보고 있었다.

"몸이 안 좋아요."

"아프니?"

"모르겠어요."

"집에 가고 싶어?"

카로는 고개를 좌우로 흔들었다.

'안 돼. 결코 집에는 안 갈 거야.'

브룬스 선생님이 마치 무언가 일이 잘못되어 가는 것을 의심하듯 눈살을 찌푸렸다. 그러고는 조나스에게로 몸을 돌려 질문을 던졌다.

"뭐 좀 마실까?"

쉬는 시간에 리카가 물었다.

"나는 목마르지 않아."

카로가 낮은 소리로 말했다.

"콜라도 안 마실 거야?"

카로가 고개를 가로저었다.

"도대체 무슨 일인지 알 수가 없네. 무슨 일이 있었는지 얘기 안 할 거야?"

카로가 어깨를 으쓱하고는 창가로 걸어갔다. 카로는 자신이 왜 짜증을 내고 있는지 리카에게 말할 수 없었다. 그래도 다행이었다. 적어도 오늘 아침 일로 리카가 화난 것처럼 보이지 않았으니까.

카로가 창가에서 몸을 돌리자 리카는 어디론가 가 버리고 없었다. 대신 레흐네르트 영어 선생님이 그 자리에 서서 카로를 쳐다보고 있었다.

"종 소리를 못 들었니?"

"아, 예?"

"그럼 이제 나가거라. 다시는 이런 일이 없게 하고!"

카로는 쉬는 시간에 운동장 한구석에서 남은 시간을 보냈다. 한 번도 그런 적이 없었다. 저 멀리 리카가 티나와 비르테와 함께 있는 게 보였다. 티나가 무슨 말을 하니까 모두 웃었다. 카로는 친구들과 같이 웃고 싶었다.

영어 수업이 시작될 때 카로는 선생님에게 아프다는 이야기를 해야겠다고 마음먹었다. 레흐네르트 선생님의 지긋지긋한 잔소리를 들으면 참았던 울음이 터져 나올 것 같았다.

카로는 조퇴를 하고 12시 15분쯤 집에 도착했다. 2시까지 엄마는 집에 없을 것이다. 엄마의 방문은 닫혀 있었다.

'어젯밤 대머리 남자는 엄마의 소파에 앉아 있었을까?'

카로는 주방으로 들어가서 치즈 샌드위치를 만들었다. 아파트에 혼자 있다고 생각하니 무서웠다. 카로는 딴생각을 하려고 신문을 펼쳤다. 지난겨울 언젠가부터 신문을 읽기 시작했다. 아마도 베를린 장벽이 붕괴된 뒤(1989년 11월 9일)였던 것 같다. 정말 흥미진진한 나날이었다. 날마다 신문에 큰 기사가 실렸다. 엄마도 몇 주 동안 다른 이야기는 전혀 하지 않았다. 장벽 붕괴에 대한 모든 기사를 오려 모았다. 그다음 중요한 기사는 동독에 관한 것이었고, 한때 독일민주공화국이라고 불렸지만 이제 더는 존재하지 않게 되었다는 내용이었다. 올해 독일을 재통일(1990년 10월 3일, 동독의 다섯 개 주가 서독으로 편입되면서 독일의 재통일이 이루어졌다. 1871년 독일제국의 성립과 구분하기 위해 '재통일'이라는 말을 붙였다.)하기로 결정하였기 때문이다. 카로는 '재통일'이라는 단어를 떠올리는 순간 갑자기 목구멍이 콱 막히는 듯한 느낌이 들었다. 왜 생각하지 못했을까. 남자의 말투, 차림새! 남자는 동독에서 온 것이 틀림없었다. 이제 동독 사람들은 서독으로 건너올 수 있지 않은가.

그래서 엄마가 여러 날을 텔레비전 앞에 앉아 국경 너머로 쏟아져 들어오는 사람들을 지켜보았던 것일까? 사람들은 마치 정신을 잃은 것처럼 서로 부둥켜안고 울음을 터뜨렸다. 엄마도 하염없이 눈물을 흘렸다. 그때 그런 모습을 보며 카로는 깊게 생각하지 않았다. 모든 어른들도 선생님들도 들떠 있었으니까. 장벽이 붕괴된 다음 날 브룬스 선생님은 독일어 수업 대신 학생들과 토론하는 시간을 마련했다.

"너희들 가운데 동독에 가 본 사람이 얼마나 되니?"

그 많은 아이들 가운데 스벤 하나뿐이었다.

"몇 년 전에 드레스덴에 갔어요. 그곳에 친척들이 있거든요. 그곳은 나쁘지 않았어요."

"하지만 장담컨대 그곳에서 오렌지는 못 먹었을 거야. 동독에서는 오렌지를 구하기 어렵거든."

데이비드가 소리쳤다.

"그때는 여름이었어. 어쨌든 여름에는 오렌지가 없어."

"여기에서는 네가 원하면 무엇이든 일 년 내내 구할 수 있잖아."

"오직 값비싼 몇몇 가게에서만 가능하지."

"그래서 뭐? 중요한 것은 이곳에서 여름에 오렌지를 구할 수 있느냐 없느냐 하는 것이고, 나는 단지 예스, 우리는 구할 수 있다고 말하는 것일 뿐이야."

"여름에 오렌지를 먹는 것은 어리석은 짓이야."

카로가 말했다.

"여름에는 다른 과일도 많아."

"그럼 네 생각에는 동독 사람들이 옳다는 얘기야?"

티나가 물었다.

"아니. 당연히 그렇게 생각하진 않지. 무슨 쓸데없는 소리!"

"그쪽 사람들은 모두 미쳤어."

비르테가 말하고는 낄낄 웃기 시작했다. 그러자 스벤이 맞서 말했다.

"내 친척들은 미치지 않았어. 그들은 지극히 정상이라고."

"정상인 네 친척들이 트라반트(당시 동독에서 가장 흔했던 자동차)에 너를 태우고 돌아다녔니? 아니면 어디든 걸어 다녀야 했니?"

조나스가 빙긋이 웃으며 물었다.

"우리는 아빠 차를 타고 다녔어."

카로는 아이들이 스벤의 동독 여행에 대해 쉬는 시간까지 놀렸던 게 떠올랐다. 결국 그날 일은 스벤이 화가 나서 울음을 터뜨린 뒤에야 끝이 났다.

카로가 이런저런 생각에 잠겨 있을 때 갑자기 아파트 문이 열리는 소리가 들렸다.

"카로?"

그 사람이었다.

'설마! 엄마는 어쩌자고 그에게 집 열쇠를 준 거지?'

카로는 신문을 접고 일어났다. 그러고는 집에 일찍 와서 점심부터 먹은 걸 다행이라고 생각했다. 주방에 함께 앉아 학교는 어떤지, 취미는 무엇인지, 가장 친한 친구 이름은 무엇인지 따위의 명청한 질문에 답하는 것은 결코 안 될 일이었다.

"내가 뭘 좀 만들어 줄 수 있는데."

카로는 몸을 돌려 남자를 바라보았다. 남자가 베레모를 쓴 채 카로를 향해 웃음을 지으며 서 있었다.

"저는 이미 먹었어요."

"아쉽구나."

그는 여전히 서 있었지만 더는 웃지 않았다.

"좀 지나갈까요?"

"물론."

카로는 그를 지나 방으로 향했다.

"엄마는 네가 1시 전에는 집에 안 온다고 했는데."

"엄마가 틀렸네요."

"카로?"

카로가 멈칫하며 섰다.

"네 엄마와 나는 지금도 서로 사랑하고 있단다. 세월이 흐른 뒤에도, 우리는 처음 만난 날 그랬던 것처럼 여전히 서로를 사랑할 거야."

카로는 그가 왜 이런 이야기를 자신에게 하는 건지 알 수 없었다.

"우리에게 한번 기회를 주렴."

"기회요? 무슨 기회요?"

"서로를 알아 갈 수 있는 기회."

"제가 그것을 원하지 않으면요?"

그가 베레모를 벗고 벗어진 머리를 쓰다듬었다.

"나는, 나는 언제나 딸이 있었으면 했단다."

"저하고는 상관없는 일이에요."

그가 고개를 끄덕이더니 다시 베레모를 썼다. 그리고 잠시 뒤 카로는 문이 닫히는 소리를 들어야 했다.

2시쯤 엄마가 집으로 돌아왔다. 엄마는 방 안을 힐끗 둘러보다 탁자 위에 쪽지가 하나 놓여 있는 것을 보았다.

유타에게

길 건너편 센자 노메 레스토랑에 있소.

사랑하오, 마틴.

"마틴은 왜 센자 노메 레스토랑으로 갔니? 오늘 우리한테 요리를 해 준다고 했는데."

"난 이미 먹었어요."

"둘이 싸웠니?"

"그 사람이 날 설득하려고 했어요."

"카로, 너무 그렇게 반대만 하지 마. 네가 그의 딸이라는 얘기를 듣고 그가 얼마나 기뻐했는지 네가 봤더라면."

"하지만 나는 그 사람이 내 아빠라는 사실이 행복하지 않아요."

"왜 그런데?"

"나는 아빠가 필요 없어요."

"하지만……."

"나를 좀 내버려둬요!"

카로의 말에 엄마는 집 밖으로 나갔다. 계단을 또각또각 빠르게 내려가는 엄마의 구두 소리가 크게 들리더니 점점 들리지 않았다. 엄마는 틀림없이 기분이 좋지 않을 것이다. 카로가 창밖을 내다보니 아니나 다를까 엄마는 길을 가로질러 달려갔다. 거리에는 오토바이도 한 대 보이지 않았다. 카로는 생각했다. 엄마는 기다릴 수 없을 정도로 그 사람이 보고 싶었던 거라고.

두 시간쯤 뒤 그 사람은 엄마와 함께 옷가방을 들고 왔다. 적어도 한 달은 머물 것처럼 보였다.

마틴은 베레모를 벗으며 카로에게 머리를 끄덕여 인사했다.

"마틴의 옷가방을 가지러 다녀왔어."

엄마는 쓸데없는 이야기를 하고는 마틴을 방 안으로 안내했다.

카로는 잠시 그들을 이해할 수 없다는 표정으로 지켜보다 침대 위로 몸을 던졌다. 그러고는 흐느껴 울기 시작했다. 화가 나서 울었고 뻔뻔하기 그지없는 낯선 남자 때문에 울었다. 그리고 이제는 엄마가 자기편이 아닌 낯선 사람 편이라는 사실 때문에 울었다. 무엇보다 참을 수 없었던 것은 오랫동안 엄마에게 배신당한 것이었다.

카로는 무언가를 해야만 했다. 그렇지 않으면 폭발할 것만 같았다. 문득 한 가지 생각이 떠올랐다. 저금통에는 50마르크(당시 독일

화폐 단위) 정도가 있었다. 미용실에 가서 머리카락을 자르고 싶었다. 아주 짧게. 너무 짧아 엄마가 알아볼 수 없을 정도로.

미용사가 가위를 집어 들었을 때 카로는 이를 악물었다. 마음이 약해져서는 안 되었다.

45분쯤 지난 뒤 카로는 자신도 못 알아볼 정도로 변해 있었다. 거울 앞에 서서 짧은 머리를 한 야윈 소녀의 얼굴을 물끄러미 들여다보았다. 그런 카로의 모습을 엄마가 본다면 기겁할 것이다. 그리고 리카는? 리카도 당연히 그럴 것이다. 몇 년 전 리카와 카로는 혼자서는 미용실에 가지 않을 거라고 맹세했다.

'리카네 집에 가서 말해 줘야 할까.'

리카는 카로를 이해할 것이다. 언제나 그랬으니까.

카로는 자전거에 뛰어올라 힘차게 페달을 밟았다. 그리고 리카네 집으로 가는 내내 리카에게 무슨 말을 할지 생각했다.

'어제 우리 집에 갑자기 대머리 남자가 나타났어. 그 남자가 내 아빠래.'

카로는 고개를 저었다.

'아빠에 대한 이야기는 꺼내지 않는 게 좋으려나. 엄마에게 남자 친구가 있는데, 동독 출신이래.'

그렇게 말하면 리카가 "그래서 뭐? 그게 뭐가 문제야."라고 물을지도 모른다.

"안 돼."

만약 카로가 리카에게 어떤 거라도 이야기를 꺼낸다면 처음부터 끝까지 다 말해야 할 것이다.

카로가 쾨르너스트라세 거리에 접어들 무렵 리카는 어린 골든 리트리버와 함께 집 앞에 있었다.

'세상에나!'

카로는 브레이크를 밟은 뒤 뒤돌아갔다. 오늘 카로가 듣지 못한 이야기가 있다면 그것은 리카의 새로운 개에 대한 이야기일 것이다.

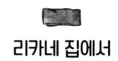

리카네 집에서

엄마는 카로를 보자마자 날카로운 비명을 내질렀다. 그러고는 아무 말도 하지 않았다.

다음 날 버스에서 만난 리카도 두 눈이 거의 튀어나올 정도로 놀라워했다.

"너무 치사한 것 아니야! 머리를 그딴 식으로 자를 수는 없어. 우리끼리 말다툼 좀 했다고."

"그것 때문이 아니야."

"그래. 그러면 왜 그런 거야?"

"나중에 말해 줄게. 그전에 어제 일에 대해 사과하고 싶어."

"어제 너는 완전히 정신이 나갔더라."

"그래. 나도 알아."

"그래, 뭐가 문제니?"

"아……."

카로는 목구멍이 다시 죄어오는 것을 느꼈다.

"야, 이것 좀 봐라!"

낯익은 목소리가 들려왔다. 데이비드였다. 데이비드는 뒤에 서서 카로를 손으로 가리키고 있었다.

"보기 싫거든 딴 데를 쳐다봐."

카로가 대답했다.

"그럼 엄마랑 싸웠어?"

리카가 물었다.

"음……."

"정말 그런가 보네. 난 믿을 수 없다. 너네 엄마는 늘 상냥하시 잖아."

"도저히 참을 수 없는 상황이었어."

"딱 우리 아빠처럼."

'아빠'라는 말에 카로의 몸에는 닭살이 돋았다.

"영어 시험 끝나고 콜라 마실래?"

리카가 물었다.

"맙소사! 시험이 있다는 걸 까맣게 잊고 있었어."

"신경 쓰지 마. 엄청 쉬울 거야."

2교시에 영어 시험지를 받았을 때 카로에게는 절대로 쉬운 것이 아니었다. 시험지를 쳐다보면 볼수록 글자들은 눈앞에서 더 격렬 하게 춤을 추었다. 시험지 속 글자들은 결코 놓아주지 않겠다는 듯 엄마의 손을 꽉 잡고 있는 그 사람처럼 보였다. 거의 종이 울

릴 때가 되어서야 카로는 그런 생각을 지워 버릴 수 있었고 가까
스로 시험지의 빈칸을 채울 수 있었다. 하지만 문법과 불규칙 동
사 문제들을 풀기에는 너무 늦었다.

"시험을 완전히 망쳤어."

운동장에서 카로가 리카에게 말했다.

"왜? 어렵지 않았는데."

"모르겠어. 모든 것이 뿌옇게 보였어."

"점수는 그렇게 나쁘지 않을 거야."

"아니야."

카로는 울기 시작했다.

"나쁠 거야. 생각보다 훨씬 나쁠 거야."

리카가 카로의 어깨를 감싸 안았다.

"콜라 가져다줄까?"

카로는 고개를 가로저었다.

"우는 게 시험 때문이니?"

"아니."

"그래, 그럼 뭐 때문에 우는 건대?"

"왜냐면…… 왜냐면…….'"

카로는 눈물이 그치지 않아 말을 계속할 수 없었다.

"손수건 줄까?"

카로가 고개를 끄덕였다.

"여기."

리카가 주머니에서 손수건을 꺼냈다.

카로는 쉽게 울음을 그치지 못했다. 아마 리카가 카로 옆에 있지 않았다면 더 오랫동안 울었을 것이다.

"며칠 전 우리 집에 한 남자가 나타났어."

카로가 코를 훌쩍이며 이어 말했다.

"내가 그 남자를 집으로 들어오게 했어. 몇 분 뒤 거실로 가 보니 그 남자가 엄마를 꽉 끌어안고 있지 뭐야. 그 모습을 보고는 어떻게 생각해야 할지 모르겠더라."

"그동안 엄마가 너한테 사랑에 빠져 있다는 얘기를 하지 않았어?"

"전혀."

그 순간 종이 울렸다. 카로는 그 종소리가 무척이나 반가웠다. 학교 운동장에서 그 남자에 대한 이야기를 다 할 수는 없었다.

"어쩌면 너네 엄마가 사랑에 빠져 있다는 것은 좋은 일인지도 몰라."

교실로 돌아가는 길에 리카가 말하자 카로가 대답했다.

"하나도 좋지 않아. 모든 게 바뀌었으니까."

수학 시간에 리카가 카로에게 쪽지를 보냈다.

방과 후에 우리 집에 올래?

카로도 쪽지를 써서 대답했다.

그래, 좋아.

리카가 다시 카로에게 쪽지를 보냈다.

알았어. 쉬는 시간에 집에 전화해서 너랑 같이 밥 먹을 거라고 얘기할게.

"너희들 쪽지 쓰기 이제 그만할래!"
코왈스키 선생님이 소리쳤다.
카로와 리카는 서로 눈을 맞추며 키득거렸다. 둘은 다시 원래 친했던 친구 사이로 돌아갔다.

리카의 집 앞에 도착했을 때 개 짖는 소리가 크게 들려왔다.
"쟤는 맥스야."
리카가 말했다.
"골든 리트리버지."
리카가 놀란 표정으로 카로를 보았다.
"아니 어떻게 맥스가 골든 리트리버인 걸 아는 거야?"
"어제저녁에 네가 쟤랑 집 밖에 있는 걸 봤거든."
"어제 여기 왔었어?"

"그래, 너한테 사과하려고 들렀어. 그리고 할 이야기도 있고. 근데 왜 그랬는지 모르겠지만 그럴 수 없었어."

리카가 카로를 토닥였다.

"이제는 만사 오케이야. 사실 나도 어제 너한테 가려고 했어. 그런데 엄마가 개를 데리고 왔지 뭐야. 그 뒤 우리 집은 또 엉망진창이 되었지."

리카가 문을 열자 맥스가 쏜살같이 뛰쳐나왔다. 그리고 두 사람에게 달려들어 손을 핥았다.

"사랑스럽지 않니?"

카로는 쭈그려 앉아 맥스를 쓰다듬기 시작했다.

"이제 6주 된 아기라서 아무 데나 오줌을 눠."

"아빠는 뭐라고 하셔?"

"우리가 얘를 되돌려 주기를 바라고 있지. 하지만 엄마와 알렉스 오빠, 그리고 나는 당연히 절대 반대지."

"얘들아, 안녕."

카로는 뒤를 돌아보았다. 리카 엄마가 웃으며 손을 내밀었다.

"우리 집에 와서 무척 반갑구나."

"안녕하세요."

카로가 인사했다.

"짧은 머리도 잘 어울리네."

"고맙습니다."

"우리 맥스가 좋니?"

"많이요!"

그때 가사도우미 아주머니가 급하게 달려왔다.

"이건 너무 심해요! 저 개가 살라미 소시지를 먹어 버렸어요."

"괜찮아요, 내가 원하던 거예요."

리카 엄마가 웃으며 말했다.

"식탁 위에 아무것도 올려놓아서는 안 되겠어요."

아주머니는 잔뜩 화가 난 목소리로 말하고는 주방으로 되돌아갔다.

"오, 맙소사."

리카가 중얼거렸다.

"아빠의 동지가 생겼네!"

"두 사람도 곧 얘한테 익숙해질 거야."

리카 엄마는 그렇게 말하며 맥스의 머리를 쓰다듬었다.

"우리 뭐 먹어요?"

리카가 물었다.

"라자냐(납작한 파스타 요리)와 샐러드."

"음, 맛있겠다."

카로는 갑자기 배가 고파졌다.

리카 엄마가 고개를 끄덕이고는 말했다.

"10분쯤 뒤에 나는 짧은 전화 통화를 몇 통 해야 해."

리카네 가족은 대부분의 사람들처럼 아파트에 살고 있지 않았고 알스터 운하의 강둑 위에 큰 저택에 살고 있다. 심지어 집 안에는 부두에만 있는 다리도 있었다.

"네가 우리 집에 있는 거 너네 엄마가 아셨으면 좋겠어?"

리카가 물었다.

"아니."

카로는 이곳으로 오는 도중에 이미 엄마한테 전화하지 않기로 마음먹었다. 카로가 리카의 집에서 밥을 먹는 걸 더 좋아한다는 사실을 엄마 스스로 알아내길 바랐다.

"좋아, 밖으로 나가자."

리카가 말했다.

맥스가 반질거리는 마루 위를 주르르 미끄러지듯 달려와 카로와 리카보다 먼저 안뜰로 나가는 문 앞에 섰다.

정원에는 알렉스가 해먹에 누워 환하게 웃고 있었다.

"어, 너희 왔구나. 아빠는 아직 집에 계시냐?"

"전혀 모르겠는데. 그나저나 또 E 학점 받은 거야?"

리카가 대답했다.

"아니."

"그러면 뭔 일이야?"

"너한테는 말해 줄 수 없어."

"아빠가 짜증낼 일이라면, 우리가 밥 다 먹기 전까지 얘기하지

마. 오늘은 제발 밥 좀 제대로 먹어 보자."

"밥 다 먹을 때까지 네 오빠가 내게 말하지 않을 게 뭐냐?"

그 소리에 카로는 몸을 움츠렸다. 뒤를 돌아보니 리카 아빠가 뒤에 서 있었다. 리카 아빠는 감청색 정장 안에 조끼를 받쳐 입고 있었고 머리가 좋은 변호사처럼 보였다. 리카 아빠는 평범한 넥타이는 절대 하지 않았다. 오직 나비넥타이만 맸다. 오늘은 파랗고 빨간 줄무늬가 있는 나비넥타이를 매고 있었다. 카로는 리카 아빠를 좋아했다. 비록 리카는 아빠 때문에 자주 흥분했지만.

"안녕, 카로."

"안녕하세요, 아저씨."

"그래. 그러면 이제 솔직히 말해 보렴, 알렉스."

알렉스가 천천히 해먹 밖으로 빠져나오는 동안 리카 아빠는 쉿 소리를 내며 맥스를 쫓아내고 있었다. 하지만 맥스는 리카 아빠가 마냥 좋은 듯 계속해서 리카 아빠의 손을 핥았다.

"이렇게 침 흘리는 개랑은 함께 살 이유가 없어!"

리카 아빠가 소리쳤다.

"얘는 충분히 함께 살 이유가 있어요."

리카와 알렉스도 소리쳤다.

리카 아빠가 의자 위로 털썩 쓰러지며 한숨을 내쉬었다.

"모두가 똘똘 뭉쳐 나를 공격하고 있어."

"그래요!"

리카와 알렉스가 지지 않고 대답했다.

리카 아빠가 다시 심각한 표정을 지었다.

"알렉스, 내가 네 얘기를 들으려고 기다리잖니."

"포기하지 않으실 거죠?"

"상황에 따라."

"제가…… 하키 팀 주장이 되었어요."

"훌륭하구나! 축하한다!"

리카 아빠가 덧붙여 말했다.

"넌 자격이 있어."

알렉스는 방긋 웃어 보였다.

"이번에는 좋은 소식이네."

리카도 한마디 거들었다.

그 순간 맥스가 한쪽 다리를 들더니 화분에 오줌을 누었다. 그 모습에 카로와 리카와 알렉스는 웃음이 터졌지만 리카 아빠는 아무 말 없이 고개를 가로젓기만 했다.

식탁에 모두 둘러앉아 식사를 막 시작하려던 때 전화벨이 울렸다.

"이런, 맙소사! 아마 내 전화일 거야."

리카 엄마가 불평하듯 소리쳤다. 하지만 그 전화는 카로를 찾는 엄마의 전화였다. 방금 전까지 기분이 좋았던 카로의 표정이 굳어졌다.

"어디에 있니?"

"리카 집에서 점심 먹고 있어요."

"왜 나한테 말도 하지 않았니? 걱정했잖아."

카로는 대답하지 않았다.

"우리는 지금 토마토소스 스파게티를 먹고 있어."

"그래요, 맛있게 드세요!"

카로는 그렇게 말하고 전화를 끊었다. 엄마는 카로가 가장 좋아하는 음식을 만들면 카로에게 관심을 얻을 수 있을 거라 생각했다.

"집에는 별일 없니?"

카로가 식탁으로 돌아오자 리카 엄마가 물었다.

카로는 고개를 끄덕였지만 누구와도 눈을 마주치지 않았다.

식사를 마치고 리카의 방에서 음악을 들을 때 카로는 리카에게 나머지 이야기도 모두 해야 할지 고민했다.

"네 엄마는 그 사람을 얼마나 오랫동안 알고 지낸 거야?"

리카가 묻자 카로가 침을 꿀꺽 삼켰다.

"여러 해 동안."

"그러면 왜 그 시간 동안 그 사람을 비밀로 해 왔대?"

카로는 두 눈을 감았다. 어떻게 설명하면 좋을지 몰랐다.

"그 사람에게 무슨 문제라도 있니?"

"무슨 말이야?"

"그러니까, 있잖아…… 그 사람이 술을 많이 마셔?"

"나도 모르지."

"아니면…… 감옥에 갔다 왔어?"

"그렇진 않을 거야."

"그럼 틀림없이 어떤 이유가 있을 거야. 그렇지 않아?"

"그 사람은 동독 출신인 것처럼 보여."

"진짜?"

"옷 입은 스타일이 그래. 말하는 것도 우습고."

"너네 엄마가 어떻게 동독에서 온 사람을 만날 수 있었지?"

"전혀 모르겠어."

"어쩌면 장벽이 붕괴될 때 너네 엄마가 베를린에 있었는지도 몰라. 전에는 서로에게 눈길도 주지 않던 사람들이 서로를 끌어안고 그랬잖아."

"아니야. 그건 불과 6개월 전 일이잖아. 우리 엄마는 그 사람을 그보다 훨씬 오랫동안 알아 왔어."

카로는 일어서서 창문을 향해 나아갔다.

"엄마는 한동안 베를린에서 공부했어."

"그건 오래전 일이야?"

"응. 내가 태어나기 전에."

카로는 정원을 바라보았다. 맥스가 꽃들 사이를 마구 돌아다니고 있었다.

"엄마는 그 사람이…… 우리…… 아빠래."

"뭐라고? 너네 아빠는 돌아가셨잖아."

카로가 몸을 돌려 리카를 마주 보았다.

"나도 그렇게 알고 있었어. 그저께까지만 해도."

"엄마한테 물어보지 않았어?"

"응. 엄마는 나한테 계속 뭔가를 말하려고 하는데, 나는 알고 싶지 않아."

"왜?"

"왜냐면, 나는 아빠를 원하지 않으니까!"

카로가 큰 소리로 외쳤다. 그러자 또다시 눈물이 솟구쳐 올랐다. 카로는 두 손으로 얼굴을 감쌌다.

"울지 마."

리카가 카로를 감싸 안으며 말했다.

"머리를 자른 게 그 때문이야?"

카로가 고개를 끄덕였다.

"그 사람…… 나는 그가 그냥 가 버리면, 그리고 다시 돌아오지 않으면 좋겠어."

"그런데 그 사람이 그러지 않으면?"

"정말 놀라운 일이 생길지도 몰라."

카로는 갑자기 그 목걸이가 생각났다. 목을 만질 때마다 뭔가 허전한 느낌이 들었다.

"빌어먹을 목걸이 같으니라고."

카로가 중얼거렸다.

"왜? 그 목걸이가 무슨 상관이야?"

리카가 물었다.

"그게 그 사람 거야. 그래서 더 하고 싶지 않은 거야. 옛날에 엄마한테 선물로 준 거거든."

카로가 코를 훌쩍이며 대답했다.

둘은 한동안 아무 말 없이 앉아 있었다.

"너 주말 동안 우리 집에 있을래?"

리카가 물었다.

카로는 리카를 보며 고개를 끄덕였다.

"너희 부모님이 괜찮으시다면."

"괜찮을 거야. 내가 화랑에 있는 엄마한테 전화해서 물어보고 올게."

리카가 밝은 표정으로 웃으며 돌아왔다.

"만사 오케이. 근데 네가 집에 먼저 전화해야 한다고 해서."

"네 엄마한테 뭐가 문제인지 말씀드렸니?"

"응. 말하면 안 되는 거니?"

"아니. 상관없어."

엄마는 전화를 금세 받았다. 카로가 엄마에게 주말 동안 리카 네 집에서 지내고 싶다고 이야기하자 수화기 건너편에서는 침묵만 흘렀다.

"그래…… 그래서 어쩐다고?"

"만약 그 사람이 일요일 저녁까지 가지 않는다면 저는 할아버지 집으로 갈 거예요."

"아…… 나는 아직도 네가 왜 머리를 잘랐는지 이해할 수가 없어. 나한테 단 한 마디 말도 없이."

"그리고 오늘 영어 시험을 완전히 망쳤어요. 그런 적이 한 번도 없었는데."

"아하, 카로야, 그건 그렇게 나쁜 일 같진 않구나."

"나쁜 거예요!"

카로는 크게 소리치며 덜거덕하고 전화를 끊었다. 엄마가 곧바로 다시 전화할 거라고 생각했지만 전화벨은 울리지 않았다.

"엄마가 뭐라고 하셔?"

카로가 방으로 돌아오자 리카가 물었다.

"그냥. 좋다고는 하지 않지만 그렇다고 안 된다고도 안 하셔."

"이따가 배 타러 갈까?"

카로는 고개를 끄덕였다. 리카가 있어서 얼마나 다행인지 몰랐다. 그렇지 않았다면 정말 미쳐 버릴지도 모를 일이었다.

엄마를 이기다

따뜻하고 화창한 주말이었다. 카로와 리카는 알스터 운하에서 노를 저으며 배를 타고 수영을 하고 맥스와 놀기도 했다. 시간 가는 줄 모르고 재밌게 놀다 보니 카로는 그 사람을 거의 잊을 수 있었다.

일요일, 안뜰에 앉아 아이스 초콜릿을 마시고 있을 때 전화벨이 울렸다.

"안녕하세요, 카로 어머니."

리카 엄마의 목소리가 들렸다.

카로의 심장이 마구 두근거렸다. 엄마는 그 사람이 갔으니 카로가 집에 올 수 있는지 물어보려고 전화한 것일까. 하지만 엄마는 카로와 통화하려 하지 않았다. 엄마가 리카 엄마하고만 이야기를 나누자 카로는 생각했다.

'도대체 무슨 일이지? 뭔가 좋지 않아!'

한참이 지난 뒤 리카 엄마가 안뜰로 돌아왔다. 표정이 심각해 보였다.

"카로야, 엄마 상태가 안 좋으신 것 같아. 곧바로 집으로 와 달라고 하시는구나."

카로는 아이스 초콜릿을 더는 마시지 않고 바라보기만 했다.

"제 생각에는 카로가 오늘 저녁까지 여기 있어도 될 것 같은데요."

리카가 말했다.

"그래. 하지만 카로가 아빠를 보고 싶어 하지 않는다면 오늘 밤 베를린으로 돌아가신다고 하는구나."

카로는 귀를 쫑긋 세웠다.

"갑자기 나타나서 카로를 몹시 화나게 만들었다는 사실 때문에 많이 괴로워하고 계신다는구나."

카로는 그 사람이 당연히 그래야 한다고 생각했다.

"어쨌거나 지금 상황 때문에 카로네 가족 모두 힘들겠구나."

리카 엄마가 카로의 팔을 쓰다듬으며 이어 말했다.

"그렇다고 현실을 외면하는 것은 좋은 방법이 아니야."

카로는 침을 꿀꺽 삼켰다.

"카로야, 엄마는 다 함께 앉아 이 문제에 대해 이야기를 나눠 보길 원하셔."

"셋이서요?"

리카가 물었다.

"그래. 이 문제는 카로와 카로의 부모님들 일이니까."

카로는 벌떡 일어나 집 안으로 뛰어 들어갔다.

"카로가 저렇게 도망치기만 해서는 안 되는데……."

리카 엄마가 안타까워하며 말했다.

카로는 욕실로 들어가 문을 잠그고 차가운 타일 벽에 이마를 맞댔다. 부모님들! 부모님들! 카로는 그 말을 인정하고 싶지 않았다.

안뜰에서 큰 소리가 들려왔다.

"카로를 그냥 돌려보낼 수는 없어요!"

리카가 화난 목소리로 말했다.

"하지만 카로 엄마가 원하시잖니."

"카로는 집에 가고 싶어 하지 않는다고요."

"리카야, 나도 어쩔 수 없단다."

"엄마, 너무 냉정하시네요."

카로는 자신이 의지할 수 있는 사람은 오로지 리카뿐이라고 생각하며 문을 열었다. 그러고는 리카의 방에서 가방을 가져와 몰래 빠져나가려고 할 때였다. 맥스가 총알처럼 빠르게 다가왔다.

"안녕, 맥스."

카로가 속삭였다.

그때 리카 엄마가 나타나 카로의 머리를 쓰다듬었다.

"카로, 엄마가 허락하시면 언제든지 다시 와도 좋아."

"고맙습니다."

정원 앞까지 리카가 따라 나섰다.

"너를 위해 기도할게."

"왜?"

"상황이 그렇게 나쁘진 않을 거야."

"어쩌면 나는 집에 가지 않을지도 몰라."

"그러면 어디 가게?"

"모르지……."

"야, 한번 시도는 해 봐."

카로가 어깨를 으쓱해 보였다.

"두고 봐."

"내일 보자."

카로는 쾨르너스트라세 거리를 따라 천천히 걸어가다 뮐렌캄프 구역으로 접어들었다. 카로는 지금 무엇을 해야 할지 몰랐다. 엄마, 그리고 그 사람과 함께 마주 앉아 이야기를 나누는 것은 죽을 만큼 싫었다. 하고 싶은 이야기도 없었다. 단 하나 분명한 것은 그 사람은 떠나야만 한다는 것이다. 그리고 오늘 베를린으로 돌아가는 것이 최선이라는 것을 그 사람도 이미 깨달았을 거라고 믿고 싶었다.

카로는 우두커니 서서 이마를 닦았다.

'내가 왜 그래야만 하지?'

집으로 가는 것보다 수영하러 가는 게 더 나은 일이라고 생각했다. 그런데 그러려면 수영복을 가지러 집에 가야만 했다. 주말에 입으려고 수영복을 하나 빌렸는데 집에 두고 나왔다. 집으로 가면 당연히 엄마는 다시 나가는 것을 허락하지 않을 것이다. 자전거만 갖고 있었더라면! 그러면 그 사람이 떠날 때까지 자전거를 타고 돌아다닐 수도 있을 텐데. 아니면 할아버지 집으로 갈 수도 있을 텐데. 그래, 그게 더 좋은 생각이었다. 카로는 자전거를 보관해 놓은 지하실 열쇠를 갖고 있었다. 몰래 지하실에 들어가서 자전거를 가져올 수 있었다. 발코니에 아무도 없고, 엄마가 바로 그 순간 쓰레기통에 버릴 쓰레기를 가지고 내려오지 않는다면 모든 일이 순조롭게 진행될 것이다.

날이 더워 쿤스베그 도로는 무척이나 조용했다. 카로는 눈을 가늘게 뜨고 3층까지 올려다보았다. 운이 좋은 건지 발코니는 비어 있었다. 그리고 지하실에는 아무도 없었다.

몇 분 뒤 카로는 에임스뷔텔 구역 방향으로 자전거를 타고 달렸다.

"이게 웬일이니!"
할아버지가 카로의 가방을 받아들며 소리쳤다.
"머리 모양도 바뀌었구나!"
"너무 오랜만에 뵈러 온 것 같아요."

"핫 초콜릿이 좋니, 아니면 오렌지 주스가 좋니?"

"오렌지 주스요."

"다행이구나. 나는 크림치즈 크루아상을 막 먹으려던 참이었단다."

"오, 맛있겠어요."

할아버지와 카로는 주방에 앉아 크루아상을 먹었다. 카로가 할아버지에게 속마음을 털어놓았다.

"저는 그 사람에 대해 참을 수 없어요."

할아버지는 한숨을 내쉬었다.

"참으로 어려운 상황이구나."

"엄마는 정말로 내가 이 모든 상황을 감수해야만 한다고 생각하는 거예요?"

"아니야."

"나는 아빠를 원치 않아요."

"엄마는 네 걱정을 많이 하고 있어, 카로. 하지만 다른 한편으로는 많이 행복해하고 있지."

"이전에는 행복하지 않았대요?"

"아니, 행복했지. 하지만 그 사람은 네 엄마가 평생 동안 사랑했던 사람이란다. 훌륭한 사람이라고 말하더라."

"그렇고 그런 러브 스토리에서나 나올 얘기처럼 들리네요."

카로가 퉁명스럽게 말했다.

"네 엄마가 안절부절못할 때도 마틴은 냉정함을 잃지 않을 사람이야."

"제가 아는 것은 그 사람이 모든 것을 망쳤다는 것뿐이에요."

그때 전화벨이 울렸다.

"엄마일 거예요."

"여기에 온다고 엄마한테 얘기 안 했니?"

"네."

할아버지가 수화기를 집어 들었다. 카로는 할아버지가 속삭이는 소리만 들을 수 있었다. 얼마 뒤 통화가 끝났다.

"엄마는 무척 화가 나 있어. 그래도 주스는 다 마시렴."

한 시간 뒤 카로는 집에 도착했다. 1층 현관을 지날 때 베커 부인을 만났다. 베커 부인은 도베르만과 함께 있었다.

"집에 손님 오셨니?"

"제 손님은 아니에요."

베커 아주머니는 누군가 듣는지 주위를 둘러본 뒤 카로의 귀에 대고 속삭였다.

"그래, 지난 며칠 동안 너희 집에 들락거리는 남자에 대해 얘기 좀 해 보렴."

카로는 망설였다. 그러다 문득 좋은 생각이 떠올랐다.

"그 남자는 엄마의 새 연인이에요."

"엄마의 새…… 뭐라고?"

카로는 낄낄 웃었다.

"연인이요. 연인이 뭔지 모르세요?"

베커 아주머니가 눈살을 찌푸렸다.

"애인 말이에요."

"정말이냐?"

베커 아주머니가 입을 벌린 채 카로를 쳐다보았다.

"나는 언제나 네 엄마를 존경할 만한 사람이라고 생각했어."

"누구나 실수는 하니까요."

카로는 계단을 천천히 올라갔다. 애인은 큰 문제가 아니었다. 자신을 아빠라고 주장하는 남자에 비하면.

엄마는 거실에 앉아 책을 읽고 있었다. 그 사람은 어디에도 보이지 않았다.

"왜 집으로 곧장 오지 않고 할아버지 집으로 갔니?"

"그냥 할아버지가 보고 싶었어요."

"마틴과 내가 너와 얘기하고 싶어 한다는 것을 충분히 알고 있었잖니."

"그래요."

엄마는 한숨을 내쉬었다.

"리카네 집에 그렇게 전화하게 하다니, 카로 너 정말 어리석구나."

"나는 엄마가 그렇다고 생각해요."

카로는 가방을 구석에 던져 놓았다.

"그 사람은 갔어요?"

엄마가 책을 쾅 덮더니 자리에서 일어섰다.

"좋아, 말해 보렴."

엄마는 다시 한숨을 내쉬었다.

"마틴은 30분 전에 떠났어."

"마침내!"

카로가 외쳤다.

"베를린으로 돌아갔어."

"동베를린으로요?"

"그래."

엄마가 놀란 표정으로 카로를 쳐다보며 덧붙였다.

"근데 네가 그걸 어떻게 알았니?"

카로가 빙긋이 웃었다.

"그 사람은 동독에서 왔다고 말하셔도 돼요."

"카로! 건방지게 굴지 마라."

"도대체 누가 그런 차림으로 돌아다니겠어요?"

"네가 무슨 말을 하는지 모르겠구나."

"그런 이상한 복장으로 돌아다니다니! 그 사람은 황당 그 자체 예요."

"무엇을 입는지가 그렇게 중요하니?"

"이제는 아니에요. 그 사람이 갔으니까요."

엄마는 고개를 가로저었다.

"내가 알던 카로가 아니구나."

"그리고 그 사람이 결코 돌아오지 않으면 좋겠어요."

카로가 소파에 털썩 주저앉으며 말했다.

"마틴은 이곳에 우리와 함께 있는 걸 무척이나 행복해했단다."

"엄청 좋은 생각이 떠올랐어요."

카로가 키득거리며 말했다.

"그래?"

"우리의 모든 문제를 해결해 줄 거예요."

"그래, 말해 보렴."

"그냥 동독과 서독 사이에 다시 장벽을 쌓는 거예요."

엄마는 아무 말도 하지 못한 채 그저 카로를 노려보았다. 그런 다음 주방으로 가 버렸다.

카로는 소파 위에 길게 누워서 휘파람을 불었다. 카로가 엄마를 이겼다. 엄마는 엄마의 방식으로 생각할 수 있다 처도 중요한 것은 그 사람이 분명한 메시지를 받는 것이다. 카로와 엄마의 삶 속에 그 사람을 위한 공간은 없다는 것 말이다.

폭풍 전야의 고요

"그래, 어떻게 됐어?"

월요일 아침 버스에서 리카가 물었다.

"그 사람은 갔어."

"그날 결국 집에는 갔어?"

"응. 근데 먼저 할아버지를 보러 갔어."

"엄마는 뭐라고 하셔?"

"무척 화가 나 계셔. 지금까지도."

"그러면 이제 어떡할 거야?"

"아무것도 안 할 거야. 곧 화가 풀리겠지."

카로는 정말 아무것도 하지 않았다. 엄마는 평소보다 더 말이 없었다. 하지만 카로는 모른 체했다. 그리고 며칠이 지나지 않아 모든 게 예전으로 돌아왔다.

금요일에 카로가 영어 점수로 D를 받자 엄마는 카로를 두 팔로 감싸 안으며 한 번은 그럴 수 있으니 걱정하지 않는다고 말했다. 엄마는 그 사람에 대해 더는 말하지 않았다. 카로는 마치 모든 일들이 나쁜 꿈을 꾼 것처럼 느껴졌다.

"오늘 저녁에 영화 보러 갈까?"

아침 식사 때 엄마가 물었다.

카로는 고개를 끄덕였다.

"그러고 보니 한동안 영화를 못 봤어요."

"맞아. 아바톤 극장에서 시네마천국을 상영한대."

"영화관에 가는 것을 좋아하는 어린 소년에 대한 영화죠?"

"그래, 맞아."

이제 모든 것이 옛날 그대로였다. 두 사람은 알스터 호수를 따라 자전거를 타고 달렸다. 많은 사람이 아이스크림을 먹고 있거나 개를 데리고 산책을 하고 있었다. 클라이네 라벤스트라세 거리에서 오른쪽으로 돌아 엄마가 다녔던 대학교 방향으로 향했다. 학교 매점을 지날 때마다 엄마는 자신이 아픈 날 앉았던 벤치를 카로에게 보여 주었다. 그날은 영어 시험 날이었는데, 엄마는 시험장에 들어갈 수 없었다고 한다. 그때는 카로가 학교에 입학하기 전이라 사설보육원에 가 있곤 했다. 카로는 지금도 잊지 않고 있다. 언제나 가장 늦게까지 보육원에 남아 있었던 일을. 엄마는 어학원에서 학생들을 가르치는 일뿐 아니라 시험공부도 해야 했기 때문이다.

두 사람은 자전거를 타고 그 벤치를 지나갔지만 오늘따라 엄마는 한마디도 하지 않았다. 카로는 벤치에 대한 이야기를 꺼내려다 그만두었다. 오늘 엄마는 벤치에 대한 이야기를 하고 싶지 않은 듯했다. 아니면 그냥 그것에 대해 생각하고 있지 않거나. 어쩌면 그 사람을 생각하고 있는지도 모를 일이다. 아니, 쓸데없는 생각이었다. 그 사람은 떠난 지 오래되었고, 편지도 전화도 없었다. 엄마도 잘 알고 있었다.

극장 로비에서 엄마와 카로는 팝콘 한 봉지와 박하사탕 두 통을 샀다. 엄마는 학교 동창을 만나 잠깐 이야기를 나누고 헤어졌다.

"둘만의 시간이 될 거야."

엄마가 카로의 귀에 대고 속삭였다. 카로는 엄마의 행동이 조금 어리둥절했다. 엄마의 친구가 함께 앉기를 원해도 카로는 아무 상관이 없었는데 말이다.

카로와 엄마가 가장 좋아하는 뒤에서 세 번째 가운데 자리가 비어 있었다. 카로는 자리에 털썩 앉아 팝콘을 먹기 시작했다. 그런데 이게 어찌된 일인가. 몇 줄 앞에 그 사람처럼 보이는 사람이 앉아 있었다.

"무슨 일이니?"

엄마가 물었다. 그 순간 그 남자가 몸을 돌려 어떤 사람에게 손을 흔들었다. 그 남자는 그 사람보다 적어도 스무 살은 젊어 보였다.

"아무 일도 아니에요. 엄마 아는 사람을 봤다고 생각했어요."

카로는 영화에 빠져들며 주변의 모든 일을 잊어버렸다. 어린 소년이 영화를 보기 위해 애쓰는 모습들은 웃기면서도 무지 슬펐다. 필름 영사기사가 처음에는 소년을 쫓아내려 하지만 결국에는 그와 친구가 된다는 이야기다. 영사기사는 소년의 아버지보다 훨씬 나이가 많지만 말이다. 어린 소년이 영사기사를 화재에서 구해 내지만 실명하는 것을 막을 수 없었던 장면에서 카로는 울고 말았다. 엄마도 울었다. 카로와 엄마는 서로를 부둥켜안았다. 그 사람이 나타나기 전에는 이렇게 앉아 운 적이 없었다. 카로는 잠시 두 눈을 감았다. 엄마 냄새는 얼마나 좋은가! 카로는 그것을 거의 잊어버리고 있었다.

그날 저녁 카로는 엄마와 다시 둘만의 관계를 가질 수 있다고 생각했다. 그리고 그 누구도 둘 사이를 갈라놓을 수 없을 거라고 생각했다.

"음, 너네 아빠한테서는 무슨 소식이 있니?"

2주 뒤 리카가 물었다. 수영장에서 아이스크림을 먹고 있을 때였다.

"아니. 그 사람은 갔어. 영영 사라졌다고."

"정말 그렇게 생각해?"

"확실해. 왜, 그럼 어떻게 생각해야 하는데?"

"언젠가는 함부르크로 돌아올 수도 있지 않을까?"

"쓸데없는 소리! 그리고 그 아빠라는 말은 제발 하지 말아 줘."

"어째서? 그 사람은 네 아빠잖아. 그렇잖아?"

"그렇지. 나의 생물학적 아빠일지는 모르지만 그것으로 진짜 아빠라는 것은 아니야, 결단코."

"그러면 너는 그 사람을 뭐라고 부르는데?"

카로가 빙긋이 웃었다.

"대머리."

"완전히 대머리야?"

"완전히는 아니야. 머리카락이 몇 가닥은 있을 거야."

"많이 늙었니?"

"옛날 사람처럼 보여."

"네 엄마는 그 사람이 떠난 것에 대해 뭐라고 하셔?"

"아무 말도."

"전혀 안 하셔?"

"전혀."

"이상하네."

"무슨 소리야?"

"그 사람이 나타났을 때 엄마가 무지 행복해했다며?"

"그래. 요즘엔 좀 평화로우니 엄마가 더 행복해하실지 몰라."

리카가 의심스러운 눈초리로 쳐다보았다.

"그렇게 볼 필요 없어! 요즘엔 만사가 오케이야."

"좋은 일이네."

리카가 말했다. 하지만 확신하는 것처럼 들리지는 않았다.

"이제, 물에 들어가자!"

카로가 먼저 물속으로 뛰어들었다.

이것으로 그 사람에 대한 이야기는 충분히 나누었다고 생각했다. 하지만 집으로 오는 길에 카로의 머릿속에서는 리카의 질문이 사라지지 않았다.

'만약 리카의 말대로 되면 어떡하지? 어느 날 그 사람이 정말로 함부르크로 돌아온다면 어떡하지? 아니야. 그 사람이 감히 그럴 리 없어! 그리고 그 사람이 그렇게 할지라도 엄마가 되돌려 보낼 거야.'

지금 엄마는 카로 편이었다. 카로는 그것을 알고 있었다.

돌발 사건

며칠 뒤 카로가 학교에서 집으로 돌아왔을 때 우편함에 엄마 앞으로 온 편지 한 통이 있었다. 베를린에서 온 편지였고, 보낸 사람이름은 마틴 클레스만이었다. 카로는 침을 삼켰다.

'엄마에게 무엇을 써 보냈을까? 어쩌면 이 편지가 처음이 아닌걸까? 이전에도 편지를 받았는데 얘기하지 않은 걸까?'

우편함에서 편지를 꺼내 오는 사람은 주로 카로였다. 물론 늘 그런 것은 아니지만.

'최근에 엄마가 일부러 나한테 편지를 꺼내 오게 한 걸까? 나 몰래 무슨 계획을 꾸미고 있는 것은 아닐까?'

카로는 이런저런 생각을 하며 위층으로 올라갔다. 편지를 쥐고있는 손이 뜨겁게 느껴졌다.

'엄마는 편지를 읽었을까?'

엄마는 김을 쐬어 쉽게 봉투를 뜯었다가 다시 붙일 수도 있었다.

'이 편지를 그냥 버려 버릴까? 아니야. 엄마가 그렇게 했는지는

시간이 좀 지나면 알게 될 거야.'

카로는 편지를 엄마의 책상 위에 올려놓고 모른 척하기로 마음 먹었다.

엄마는 오후 내내 마치 아무 일도 일어나지 않은 것처럼 시간을 보냈다. 엄마가 그 편지에 대해 이야기를 꺼낸 것은 카로가 잠자리에 든 바로 그때였다.

"내가 오늘 마틴에게서 편지를 받은 거 알고 있지?"

카로는 아무 말도 하지 않았다. 그저 천장만 바라보았다.

"지난 몇 주 동안 모든 일이 조금 잠잠해진 것 같았는데."

카로는 천장에 난 작은 금들을 세기 시작했다.

"그리고 아마도 우리는 새롭게 다시 한 번 시작할 수 있을 거라고 생각했어."

셋, 넷, 다섯. 카로는 금들을 셌다.

"마틴은 함부르크를 떠난 뒤로 언제나 우리를 생각했대."

여섯, 일곱, 여덟.

"나도 물론 그 사람에 대한 생각을 하고 있었지."

아홉, 열, 열하나.

"가끔씩 나는 너도 마틴을 생각하는지 궁금했어."

천장은 언제가 곧 무너져 내릴 것 같았다.

"너는 아직 그 얘기를 할 마음의 준비가 안 되어 있구나."

카로는 눈도 깜짝하지 않았다.

"그럼, 잘 자렴. 내일 아침에 다시 얘기하자꾸나."

엄마는 카로의 머릿결을 쓰다듬고 이마에 입을 맞추었다. 카로는 여전히 꼼짝하지 않았다. 그리고 끝까지 아무 말도 하지 않았다. 앞으로 카로는 집에서는 단 한마디도 하지 않을 거라고 다짐했다. 엄마가 아무리 애를 써도.

머지않아 카로는 아무 말도 하지 않는 것에 익숙해졌다. 심지어 그것을 즐기기까지 했다. 엄마는 카로가 말하게 하기 위해 애를 썼다. 때때로 카로가 지혜롭게 생각하고 판단하기를 바랐다. 때로는 사태를 더 악화시키지 않기를 바라고 또 바랐다. 때로는 그런 광대 짓을 그만두라고 소리치기도 했다. 하지만 카로는 주말이 지나갈 때까지 조금도 양보하지 않았다. 카로가 엄마를 지키는 한 그 사람은 오지 않을 거라고 믿었다. 카로가 확신하는 것은 그것뿐이었다.

"아빠는 돌아오셨어?"

월요일에 버스에서 리카가 물었다.

"왜 물어보는데?"

"어제 너네 엄마가 어떤 남자와 같이 있는 걸 봤거든."

"어디서?"

"알스터 호수에서."

"그럴 리 없는데."

"머리가 벗어졌고 이 동네 사람들과 다른 옷차림이었어. 틀림없이 동독에서 온 사람처럼 보였어."

리카의 말에 카로는 생각했다.

'그 사람이 여러 해 동안 함부르크에서 살아온 것은 아닐까? 어딘가에 있는 호텔에 살면서.'

카로는 머릿속이 어지러웠다. 버스에서 내리지 않는다면 바로 토할 것만 같았다. 카로는 리카를 밀치고 재빨리 문 쪽으로 다가갔다.

"야, 카로! 어디에서 내리려고?"

리카가 카로를 불렀다.

다행히도 바로 그때 버스가 멈췄다. 카로는 버스에서 내려 뒤도 돌아보지 않고 내달렸다. 8시 20분 전이었다. 첫 시간은 수학 시간이었다. 만일 카로가 뛰어간다면 제시간에 학교에 도착할 수 있을 것이다. 그리고 만일 뛰지 않는다면 지각을 해서 코왈스키 선생님에게 혼이 날 것이다.

카로는 벤치를 하나 발견했다. 학교 가는 대신 이곳에 앉아 태양을 쬐고 있으면 코왈스키 선생님은 카로가 아프다고 생각할 것이다. 리카가 버스에서 카로를 봤던 것을 그냥 넘어가 주면 좋은데 그러지 않을 것이다. 카로는 리카가 그렇게 할지라도 개의치 않기로 했다.

카로는 벤치에 앉아 발을 내려다보았다. 지난 6일 동안 엄마에게 한마디도 하지 않았다. 엄마 때문에 짜증나 있다는 사실을 엄마가 알게 하기 위해 카로가 어떤 행동을 해야만 했을까? 엄마는 가장 비열한 방법으로 카로를 속여 왔다. 몇 주 동안 엄마는 마치 모든 일이 예전으로 돌아간 것처럼 지내 왔다. 그 모습에 카로는 홀딱 속고 말았다. 그동안 카로는 엄마와 그 사람이 한통속이 되어 일을 꾸밀 거라고는 조금도 생각하지 않았다. 하지만 카로가 편지를 발견했을 때 비밀은 드러났다. 카로는 엄마가 그 사람에게 지옥에나 가라는 말을 했어야 한다고 생각했다. 하지만 엄마는 그 대신 그 사람을 함부르크로 오게 해서 은밀하게 만나고 있었던 것이다. 정말 그럴 수는 없었다.

8시 15분이 되었다.
'2교시 수업을 들으러 학교로 가야 하나?'
2교시는 독일어 시간이었다. 카로는 지하철을 타고 어디로든 가는 게 낫겠다고 생각했다. 혼자서 한 번도 가 본 적 없는 시내 중심가에 가기로 마음먹었다.

시내로 가는 길에 카로는 낯선 사람이 자신에게 학교에 있지 않고 지하철에 앉아 무엇을 하고 있는지 물어볼 것만 같아 눈치를 보았다. 하지만 그런 일은 일어나지 않았다. 함부르크의 명품거리인 융페른스티그에 있는 계단을 올라가면서 카로는 그런 생각을 하는 자신이 우스웠다.

9시 15분 전이었다. 그 시간에도 가게들이 문을 열지 않고 있다는 게 문득 이상하게 느껴졌다. 카로는 골목길 주변을 거닐다가 옷가게 유리창 안을 들여다보았다. 그리고 9시 반쯤 알스터하우스 백화점의 음악 코너를 들어서는 첫 번째 사람이 되었다. 두세 장의 CD를 들어 보고는 옷 매장으로 발걸음을 옮겼다. 청바지와 티셔츠들을 입어 본 뒤 운동화를 보러 갔다. 스포츠 코너에서 신발 코너로, 다시 스포츠 코너로 되돌아갔다. 그러다 자신이 찾던 나이키 신발을 찾아냈다. 하지만 카로에게는 돈이 없었다. 남아 있는 돈으로는 초콜릿 아이스크림과 견과류 바를 사 먹었다.

11시 20분이 되었다. 학교를 빼먹은 사실을 엄마가 알게 되는 것을 원하지 않는다면 1시 30분까지는 집에 가야만 했다. 카로는 시내 중심가에서 오전을 보내는 것이 이렇게 어려운 일인 줄 그동안 알지 못했다. 겐제마르크트 광장으로 가는 대신 기분 전환을 위해 명품 쇼핑 거리인 그로스 블라이헨으로 들어섰다. 그러고는 우체국이 있는 포스트스트라세 골목으로 내려갔다.

카로는 하마터면 중앙도서관 안내 표지판을 못 보고 지나칠 뻔했다. 문득 중앙도서관은 다른 도서관들과 똑같은지 궁금했다. 카로는 도서관카드를 갖고 있지 않았지만 들어가 보기로 했다.

도서관은 4층에 있었다. 나이 든 아주머니가 천천히 걸어 들어오자 카로는 승강기 문의 열림 버튼을 눌렀다.

"나는 승강기 탈 때 같이 타는 사람이 있는 게 좋더구나."

아주머니가 웃으며 말하자 카로도 웃으며 아주머니를 앞서 타게 했다.

"어느 학교에 다니니?"

"레르헨펠트 김나지움(중·고등 과정)에 다녀요."

카로는 잠긴 목소리로 말했다. 그리고 아주머니가 오전 11시 반에 시내 중심가에서 무얼 하고 있는지 묻지 않기를 바랐다.

"불과 몇 년 전까지만 해도 나는 독일어와 역사를 가르쳤단다."

은퇴한 교사 그걸로 충분했다! 지금 당장에라도 아주머니는 단도직입적으로 말할 수 있었다. 카로가 수업을 빼먹고 있다고.

"요즘 시대에 아이들이 도서관을 찾는 건 아주 좋은 일이지."

4층에 이르렀을 때 아주머니가 물었다.

"과제를 해야 하니? 아니면 다른 일로 온 거니?"

카로는 잠시 생각했다.

'과제라고? 바로 그거야!'

카로가 대답했다.

"맞아요. 과제를 하러 왔어요."

"뭐에 대한 거니?"

"베를린 장벽이요."

다른 것을 생각할 겨를도 없이 카로가 대답했다.

"무척 흥미롭구나! 그래, 많은 정보를 찾기 바란다."

아주머니는 손을 흔들어 인사를 하고 신문 코너로 갔다.

카로는 누군가가 자신의 도서관 카드를 확인할까 싶어 주위를 둘러보았지만 도서관 사서는 다른 일로 바빠 보였다. 카로는 서가를 따라 걸어가서 청소년책 코너에 다다랐다. 카로가 펼쳐 본 첫 번째 책은 부모가 이혼하게 된 어떤 소녀에 관한 것이었다. 책 속 주인공이 느낀 감정들이 그 사람이 나타난 뒤 자신이 느낀 것과 크게 다르지 않다는 사실이 얼마나 우스운지 몰랐다. 두 경우 모두 파괴된 것은 바로 가족이었다. 아빠가 오든지 혹은 아빠가 가든지 그것은 별로 큰 차이가 없었다.

카로가 손목시계를 봤을 때 시간은 1시를 지나고 있었다. 책은 거의 절반쯤 읽었다. 도서관을 나서며 카로는 내일 와서 마저 읽을 수 있을지도 모른다고 생각했다. 그리고 오늘 오후에 카로는 리카에게 열이 나서 침대에 누워 있었다고, 브룬스 선생님에게 그렇게 좀 말해 달라 부탁해야겠다고 생각했다.

카로가 집에 도착하자 엄마는 학교가 어땠는지 물었다. 카로는 한마디 말도 없이 자신의 방으로 들어갔고 문을 닫았다.

"더는 참을 수가 없어!"

엄마가 크게 외치는 소리가 들렸다.

'글쎄, 참아야만 할 거예요.'

카로는 속으로 그렇게 말하고는 침대에 몸을 내던졌다.

"오늘 아침 버스에서 열이 났어?"

오후에 카로가 전화를 걸자 리카가 물었다.

"어…… 그래. 갑자기 몸이 뜨거워지고 머리가 빙빙 돌기 시작했어."

카로가 대답했다.

"그러면 브룬스 선생님한테 뭐라고 얘기해 줄까?"

"내가 독감에 걸렸다고 그래."

"오, 그래. 티나도 걸렸어."

"그래."

다행이다. 그렇다면 브룬스 선생님은 어떤 질문도 하지 않을 것이다.

"내가 내일 들르는 게 좋겠니?"

카로는 입술을 깨물었다.

"전염될 것 같은데."

"안 되겠네."

전화를 끊고 나자 카로는 리카에게 거짓말한 것에 대한 죄책감이 들었다. 하지만 며칠 결석하는 것 말고는 다른 방법이 없었다.

다음 날 아침, 엄마가 차를 몰고 갈 때까지 카로는 입구에서 기다렸다. 그리고 108번 버스를 탔는데, 그 버스는 중앙역까지 직통으로 가는 거였다. 거기서부터는 융페른스티그까지 가는 지하철을 탔다. 10시 전에는 도서관 문을 열지 않아 카로는 책을 한 권

가지고 가서 문이 열릴 때까지 시간을 때웠다. 다행히도 비가 내리지 않아 알스터 호숫가 벤치에 앉을 수 있었다.

정각 10시에 카로는 도서관으로 들어갔다. 이번에는 사서가 카로에게 다가와 도움이 필요한지 물었다. 카로는 사서에게 과제를 말한 뒤 안내를 받아 정치책 코너로 갔다. 그러고는 동독에 관한 사진과 그림들이 가득한 책을 휙휙 넘겨 본 다음 부모가 이혼하게 된 소녀에 대한 책을 찾기 위해 재빨리 청소년책 코너를 찾아갔다. 사서가 얼굴을 드러낼 때마다 카로는 뭔가 메모를 하는 척했다. 가끔씩 사서는 별로 어렵지 않은 질문들을 했다. 다행히 학교에서는 베를린 장벽에 대해 수많은 토론을 하던 때였다.

오후가 되자 카로는 침대에 하릴없이 누워 있었다. 태양이 뜨겁게 내리쬐고 있었다. 카로는 수영장에 가고 싶었다. 하지만 위험을 무릅쓸 수는 없었다. 학교 친구 가운데 누군가는 틀림없이 만나게 될 수 있기 때문이었다.

현관 벨이 울렸다. 카로는 쏜살같이 일어나 앉았다.

'그 사람일까?'

만약 그렇다면 무척 화가 날 것 같았다.

"안녕, 리카."

엄마의 목소리가 들렸다.

'리카?'

카로는 잠시 숨을 멈추고 들었다. 리카가 엄마에게 독감에 대한 이야기는 일절 하지 않기를 바랐다.

잠시 뒤 방문이 열리고 리카가 들어왔다.

"안녕, 카로."

"안녕."

"소다수와 사과 주스 마실래?"

엄마가 물었다.

"네."

리카가 대답했다. 카로는 아무 말도 하지 않았다. 엄마가 뭔가 물을 듯이 카로를 쳐다보았지만 카로는 시선을 돌렸다. 그렇다 해도 엄마는 음료수 두 잔과 카로가 좋아하는 바닐라 비스킷 한 접시를 가져왔다.

"두 사람 사이 분위기가 왜 그래?"

엄마가 문을 닫고 나가자 리카가 물었다.

"글쎄 이렇게 말할 수 있겠네. 나는 당신과 말하지 않겠다."

"왜 그래?"

"왜냐면 엄마는 거짓말쟁이야. 몇 주 동안이나 엄마는 나를 속이고 있었어. 극장에 데리고 가는 등 마치 모든 게 예전과 똑같이 돌아가고 있는 것처럼 보이도록. 그런데…… 그런데 내가 알게 됐지. 아주 우연히…… 엄마와 그 남자가 오랫동안 서로 편지를 주고받고 있었다는 것을."

카로는 흐느끼기 시작했다.

"카로야."

리카가 카로를 안아주며 말했다.

"울지 마."

"그리고 어제 네가 말했지. 알스터 호수 근처에서 두 사람이 같이 있는 것을 봤다고."

"그것 때문에 어제 학교에 결석한 거니?"

카로가 고개를 끄덕였다.

"그럴 줄 알았어. 어제 네 전화 목소리가 정말 이상했거든."

카로는 눈물을 닦았다.

"너한테 거짓말해서 미안해. 학교에서는 더 이상 참고 있을 수가 없어서."

"오전 내내 뭐 하고 지냈니?"

"중앙도서관에 가서 책 봤어."

"어디에 있는 거?"

"그로스 블라이헨에 있는 거."

"시내 중심에 있는 거?"

"응."

"전에도 혼자서 그곳에 간 적 있어?"

"없지."

"학교로 돌아와."

리카가 애원했다.

"네가 없으니 너무 심심해!"

카로는 침을 꿀꺽 삼켰다.

"그러면 우리는 적어도 오후에 수영을 하러 갈 수 있잖아. 아니면 우리 집에 와서 맥스와 같이 놀 수도 있고."

"만약 내가 지금 학교 빼먹는 것을 멈춘다면 모든 게 헛수고가될 거야."

"이해가 안 되는데."

"나는 심각한 문제를 만들고 싶은 거야. 폭탄을 떨어뜨리고 싶은 거지. 그래서 엄마가 너무 화가 나 그 사람을 영원히 보내 버리길 바라는 거야."

"언제쯤 그렇게 될까?"

"몰라. 시간이 좀 걸릴 수도 있어."

두 사람은 잠시 아무 말도 하지 않았고, 얼마 뒤 리카가 일어났다.

"내가 내일 다시 올까?"

"그래. 그리고 누구한테도 말 안 할 거지?"

"당연히 안 하지."

문제는 카로가 예상했던 것보다 일찍 발생했다. 바로 그다음 날 말썽이 생겼다. 카로가 중앙도서관에 도착해서 새 책을 막 끄집어내는 순간 통로 반대편에 그 사람이 서 있었다. 그 사람은 마치 믿을 수 없다는 듯 카로를 쳐다보았다. 카로는 책을 탁자 위에 내던지고 사물함에서 가방을 꺼낸 뒤 승강기를 타고 내려갔다. 카로는 분노가 끓어올랐다. 오직 한 가지 생각밖에는 떠오르지 않았다. 그 사람이 카로를 염탐했다는 것. 동쪽에서 온 그 사람은 비열하게도 기회가 생길 때마다 카로를 만나려고 뒤를 따라다녔던 것이다. 카로는 두 주먹을 꽉 쥐었다. 분명 옳지 못한 일이었다. 친구들의 아빠는 함부르크 출신이거나 뮌헨 아니면 쾰른 출신이었다. 데이비드의 아빠는 프랑스인이었다. 그것도 괜찮았다. 왜 엄마는 그 많은 사람 가운데 하필이면 동독 출신 남자와 사랑에 빠졌단 말인가?

카로는 몇 시간 동안 시내를 돌아다니며 어디를 가야 할지 고민했다. 몇 번이나 할아버지에게 전화를 걸었지만 할아버지는 집에 없었다. 카로는 멀리 떠나고 싶었다. 아주 멀리. 그리고 며칠 동안이 아니라 아주 영원히 떠나고 싶었다.

'차라리 기숙학교로 갔으면.'

기숙학교는 비싼 게 문제였다. 엄마는 그것을 감당할 수 없었다. 어쩌면 그 사람이 마지못해 돈을 내놓을지 모르겠다. 최근에 신문에서 동독에도 부유한 사람들이 있다는 기사를 본 적이 있다. 그런 사람들은 당연히 정부에 충성하는 사람일 것이다. 하지만 그 사람은 그럴 리가 없다고 생각했다. 어쨌든 그 사람이 엄마를 위해 뭔가를 지불하려고 해야 가능한 일이었다. 만약 그 사람이 진짜로 카로의 아빠라면? 그동안 못 했던 것까지 보상해야 할 것이다.

중앙역에서 카로는 그냥 기차에 올라타고 어디론가 가 버릴까 생각했다. 로마나 혹은 파리 아니면 엄마의 언니 엘케 이모가 살고 있는 바트 라이헨할이라도. 잠시 동안 기차가 들어오고 나가는 것을 지켜보자 카로는 겁이 났다. 그리고 어쨌든 지금은 배가 고팠다.

카로가 집에 돌아왔을 때 엄마는 주방에서 신문을 읽고 있었다. 그 사람의 기척은 없었다.

"다녀왔습니다."

카로가 속삭이듯 말하고는 얼굴을 찡그렸다. 전혀 그럴 의도가 없었는데 엄마가 침묵을 깨뜨렸기 때문이었다.

"이제 너와 내가 좀 진지한 대화를 나눠야 할 때인 것 같아."

엄마가 신문을 접으며 말했다.

"마치 선생님이 말씀하시는 것 같아요."

"내 목소리가 어떻게 들리는지는 개의치 않는다. 마틴이 오늘 아침 중앙도서관에서 너를 봤다고 얘기하더라."

"내가 얘기할 때까지 기다릴 수 없었어요? 예상했던 일이에요. 그 사람은 엄마 방에 있나요?"

엄마는 고개를 가로저었다.

"얼마나 오랫동안 학교를 빼먹은 거니?"

"그래서 지금 저를 심문하시는 거예요?"

"카로, 나는 질문을 하고 있는 거란다. 지금 대답해 주겠니?"

카로는 입을 오므렸다. 엄마는 이런 식으로 카로에게 말한 적이 없었다.

"언제부터 수업을 빼먹기 시작했니?"

엄마의 코가 씰룩거렸다. 카로는 엄마의 콧구멍에서 자라난 작은 금빛 코털을 멍하니 바라보았다.

'언제부터 엄마한테 코털이 있었지?'

지금 상황이 코털처럼 불쾌하다고 생각하니 카로는 빙긋이 웃음이 나왔다.

"이건 지금 웃을 상황이 아니야."

"웃기는 상황일지도 몰라요."

"카로, 경고하는데 내 인내심이 바닥나고 있어. 만약 네가 학교를 얼마나 빼먹었는지 지금 당장 얘기하지 않는다면 엄마의 전혀 새로운 모습을 보게 될 거야."

"나한테 소리 지르지 마세요."

"내가 지르고 싶은 만큼 소리칠 거야."

"나한테 소리치면 한 마디도 안 할 거예요. 내가 얼마나 오랫동안 말 안 할 수 있는지 엄마도 알죠?"

엄마는 짧게 콧방귀를 뀌고는 거실로 가 버렸다. 카로는 찬장에서 감자 칩 한 봉지를 꺼내 게걸스럽게 먹어 댔다. 엄마가 자신에 대해 아무것도 알아내지 못하게 할 작정이었다.

잠시 뒤 카로는 엄마가 누군가에게 전화하는 소리를 들었다. 거실을 향해 발끝을 세우고 귀를 기울였다. 통화 내용은 지난 며칠간 카로가 빼먹었던 학교 수업에 관한 것이었다.

'엄마와 통화하고 있는 사람은 리카 엄마일까?'

그때 브룬스라는 이름이 들렸다. 카로는 놀라서 움찔했다.

'엄마가 나를 고자질하러 브룬스 선생님에게 전화를 했다고?'

카로가 거실 문을 잡아당겨 열었을 때 마침 엄마는 전화를 끊었다.

"누구랑 통화했어요?"

"담임선생님이랑."

"엄마가 얼마나 못된 사람인지 아세요?"

"아니. 하지만 이제 네가 지난 월요일 이후로 계속 결석 중이라는 사실은 알게 되었지."

"고자질하는 것은 옳지 못한 일이에요. 언제나 나한테 그렇게 말했잖아요."

"고자질하는 게 아니야. 나는 네가 얼마나 오랫동안 학교를 빼먹었는지 알고 싶었을 뿐이야."

"그게 바로 고자질하는 거예요."

"브룬스 선생님은 네가 독감에 걸렸다고 알고 있더라."

"그래요, 선생님이 계속 그렇게 생각하도록 엄마가 얘기했다면 훨씬 더 좋았을 거예요."

"나는 이런 식의 게임을 할 준비가 되어 있지 않단다. 나는 진작 너한테 경고했지만 너는 이제 너무 멀리 가 버렸어, 카로."

카로는 자기 방으로 뛰어 들어가며 문을 쾅 닫았다. 엄마도 카로를 뒤따라 들어갔다.

"혼자 있고 싶어요."

"나는 너와 얘기를 좀 해야겠구나."

카로는 등을 돌리고 창문 밖을 바라보았다. 아래 뜰 어디에서도 조이너 할아버지와 고양이들을 찾아볼 수 없었다.

"마틴은 네게 최선인 것을 원한단다."

"엄마는 그 사람한테 나를 염탐하라고 했어요, 아니면 그 사람 마음대로 그런 건가요?"

"아무도 너를 염탐하지 않았어. 마틴은 자주 도서관에서 일을 해. 우연히 너를 보게 된 거야."

"우연히요? 웃기지 마세요."

"카로, 그건 터무니없는 생각이야. 우리는 너를 염탐하지 않아."

"내가 왜 학교를 빼먹었는지 엄마는 단 한 번도 물어보지 않았 어요. 이상하다고 생각지 않으세요?"

"짐작하기 어렵지 않단다."

"그래요?"

"너는 행복하지 않고 나는 인내의 끝자락에 있어."

"나는 행복하지 않을 뿐만 아니라 몹시 화가 나 있다고요!"

카로가 소리를 질렀다.

"먼저, 엄마는 그 사람과 아무 관계가 없는 것처럼 말했어요. 그런 다음 그 사람을 여기에 오게 했고 몰래 만나고 있는 거예요."

"몰래? 우리는 몰래 만난 적이 없어."

"만나는 것에 대해 나한테 한 마디도 하지 않았어요. 나는 그 얘기를 리카에게 들었다고요."

"너는 나랑 말하려고 하지 않았어. 도대체 내가 어떻게 너와 뭔가를 상의할 수 있었겠니?"

"그래서 이제는 내 잘못이라고요? 엄마는 이중적인 삶을 살고 있어요! 내 말이 이상한가요?"

"이중생활을 한다고? 말도 안 되는 소리!"

"사실인데 왜 말이 안 돼요?"

"맙소사, 카로……."

"맙소사 카로 같은 소리 하지 마세요!"

엄마가 한숨을 내쉬었다.

"브룬스 선생님과 나는 내일 만나기로 했어. 지금 상황을 이야기하고 상의해 볼 거야."

"선생님한테 그 사람에 대한 모든 것을 얘기하려고 하는 거예요?"

"그래."

"안 돼요!"

"나는 선생님한테 지금은 네가 힘든 때라는 것을 얘기할 거야. 너는 갑자기 아빠가 생겼다는 사실을 받아들이는 법을 배워야 하니까."

"경고하는데요!"

"카로, 마틴이 존재하지 않는 것처럼 지낼 수는 없어. 결국엔 모든 사람들이 그에 대해 알게 될 거야. 네 학교 친구들, 네 선생님들, 그리고 이웃들도. 이미 소문이 돌고 있어."

엄마가 이야기하는 동안 카로는 베커 아주머니를 떠올렸다. 베커 아주머니가 카로 엄마의 연인에 대한 이야기를 들불처럼 퍼뜨린 게 틀림없었다. 사람들은 엄마에 대해 자기들 맘대로 험담을 하고 있었던 것이다. 깨소금 맛이었다.

"지금 내가 하는 얘기 듣고 있는 거니?"

"예?"

"어쩌면 우리가 함께 브룬스 선생님을 보러 가야 할지도 모르겠다는 말을 하고 있었어."

"말도 안 돼요!"

"나는 네가 선생님과 잘 지낸다고 생각하는데."

"나는 브룬스 선생님한테 그 사람에 대해 얘기하는 것을 원치 않아요. 그리고 엄마가 얘기하는 것도요. 알겠어요?"

그때 누군가 아파트로 다가오는 소리가 들렸다.

"마틴이란다."

엄마가 말했다.

"달리 누구겠어요?"

"유타?"

집 앞에 바로 서 있는 것처럼 소리가 가깝게 들렸다. 카로는 털이 곤두설 정도로 화가 났다. 그 사람을 집 안에 들이지 않을 방법이 전혀 떠오르지 않았다.

"곧 나갈게요."

엄마가 대답했다.

"네! 가 버리세요!"

카로가 덧붙여 말했다.

"더는 엄마에게 할 얘기가 없어요."

"점심을 같이 먹자꾸나."

"됐어요. 싫어요."

"제발, 카로야."

"나를 고자질한 사람들과 마주 앉기를 내가 원한다고 생각하는 거예요?"

"네 맘대로 하렴."

엄마는 그렇게 말하고 방을 나갔다.

카로는 진절머리가 났다. 파자마와 속옷 몇 벌과 수영복을 챙겼다. 그러고는 학교 가방을 들고 방문을 조용히 열었다.

거실에서 마틴의 목소리가 들려왔다. 엄마는 흐느끼고 있었다.

카로는 거실을 천천히 가로질러 계단에 이르렀다. 할아버지가 지금 집에 있기를 바라면서. 만약 그렇지 않으면 할아버지를 막연히 기다리는 수밖에 없었다. 그런 다음 할아버지에게 모든 것을 이야기해야 했다. 그러면 카로가 아는 한 할아버지는 카로를 집으로 돌려보내지 않을 것이다.

"물론, 여기 머물러도 좋아."

할아버지 집에 도착하자 할아버지가 카로에게 말했다.

"하지만 이런 행동이 일을 더 악화시킨다는 생각은 해 보지 않았니?"

"어떤 것도 더 나빠지지는 않을 거예요."

카로는 대답했고 할아버지에게 모든 것을 다 이야기했다.

한 시간 뒤 엄마에게 전화가 왔다. 엄마는 카로와 통화하고 싶다고 했지만 카로는 고개를 가로저었다.

"카로가 너와 통화하고 싶어 하지 않는구나."

할아버지가 전화기에 대고 말했다.

엄마가 뭔가 큰 소리로 말하는 것 같았지만 카로는 알 수 없었고 할아버지 얼굴이 갑자기 벌겋게 변했다.

"나한테 고함치지 마라! 내가 왜 카로 편을 드는지 알고 싶니? 네가 강제로 카로를 너의 새 가족생활에 밀어 넣을 수는 없기 때문이야."

할아버지는 그렇게 말하고 전화를 끊었다.

"할아버지, 고마워요."

카로가 말했다.

할아버지는 몹시 지쳐 보였다.

"배고프니?"

"이러다 굶어 죽겠어요."

할아버지는 진한 완두콩 수프가 든 냄비에 불을 붙였다. 카로는 완두콩 수프를 좋아하지 않았지만 할아버지에게는 비밀로 했다. 그렇지 않으면 할아버지가 전쟁 중에 사람들이 얼마나 굶주렸는지 그리고 완두콩 수프 한 대접을 받으면 얼마나 기뻐했는지에 대한 이야기를 금방이라도 시작할 것 같았기 때문이다.

"네 엄마는 그리 쉽게 포기하지 않을 거야."

식탁에 앉았을 때 할아버지가 말했다.

"저도 마찬가지예요."

카로가 덧붙여 말했다.

"누가 더 오래 버틸지 그냥 두고 보세요."

할아버지 집에서

"안녕, 카로!"

수요일 아침에 카로가 교실로 들어서자 리카가 놀라서 소리쳤다.

"폭탄 얘기한 거 기억하니? 그게, 어제 떨어졌어."

카로가 책가방을 풀면서 조용히 말했다.

"그것 때문에 어제 집에 없었어?"

리카가 속삭였다.

"무슨 소리야?"

"3시쯤 너희 집에 갔었어."

"아, 깜박했어!"

"너네 엄마 울고 계셨어."

"음…… 심하게 싸웠거든! 지금은 할아버지랑 같이 지내고 있어."

"엄청 심각했나 보다."

카로가 고개를 끄덕이며 그 일에 대해 이야기하는데 브룬스 선생님이 교실로 들어왔다. 브룬스 선생님은 카로에게 빼먹은 수업 내용을 찾아보라고 말했다. 카로의 엄마와 전화로 나누었던 이야기는 한 마디도 꺼내지 않았다.

"어제 점심 무렵에 너 봤어."

쉬는 시간에 조나스가 말했다.

"그럴 리가 없는데."

"봤어. 중앙역에서."

"나는 어제 종일 침대 위에 누워 있었어."

"틀림없이 너였어."

"아마 카로와 꼭 닮은 사람이겠지."

스벤이 말했다.

카로는 조나스의 말을 더는 듣지 못했다. 지금 막 엄마가 길 건너편에서 푸른색 승용차에 타는 것을 어리벙벙하게 지켜봐야 했기 때문이다. 그랬다. 엄마는 브룬스 선생님을 만나러 왔던 것이다. 카로는 믿을 수가 없었다.

"또 무슨 문제라도 있는 거야?"

리카가 물었다.

"방금 엄마를 봤어. 엄마는 저렇게 비열해. 내가 그렇게 하지 말라고 했건만. 엄마는 브룬스 선생님을 만나러 온 거야."

"네가 수업을 빼먹은 것 때문에?"

"아니, 선생님에게 그 사람 얘기를 하려고."

카로는 너무 화가 나서 또다시 수업을 빼먹고 싶었다. 하지만 리카가 학교 끝날 때까지 있도록 카로를 간신히 달랬고 그런 다음 오후에는 함께 수영을 하러 갔다.

카로가 수영장에서 막 돌아오자 전화벨이 울렸다.

"네 엄마다."

할아버지가 말하며 수화기를 카로에게 넘겨주었다.

"한 번 더 생각해 보지 않겠니?"

엄마의 목소리가 마치 울고 있는 것처럼 들렸다.

"엄마는 왜 브룬스 선생님을 만나러 갔어요?"

"카로, 새로 일어난 상황에 대해 브룬스 선생님에게 얘기해야 한다고 어제 내가 말했잖니."

"나는 싫다고 말했잖아요."

"카로……."

"엄마는 나를 속이고 선생님과는 아무 관계없는 일들을 말해 버렸어요."

"나는 너를 속이지 않았어. 너도 다 알고 있는 일이야. 브룬스 선생님이 매우 공감하고 있다는 것을 안다면 너도 기분이 좋을 거야."

"관심 없어요."

"카로, 집으로 돌아오렴."

"아니요. 기숙학교에 가고 싶어요."

"그건 말도 안 돼!"

"아니에요. 그 사람이 그 비용을 댈 거예요."

"내 말 좀 들어 보렴. 기숙학교는 더 말할 것도 없고 할아버지 집에도 머물러서는 안 돼."

"왜 안 돼요?"

"할아버지를 너무 힘들게 하기 때문이야."

"할아버지는 내가 있어도 된대요."

엄마는 한숨을 내쉬었다.

"지난밤에는 어디서 잤니?"

"거실에 있는 소파에서요."

"학교는 어떻게 갔니?"

"지하철 타고요."

"몇 호선?"

"2호선이요. 오스터스트라세에서 문스부르크까지 직통으로 가는 거요."

"그러려면 더 일찍 일어나야 하지."

"알아요."

잠시 침묵이 흘렀고, 그 사이에 카로는 엄마에게 옷 몇 벌과 학용품을 가져다 달라고 부탁해도 될지 고민했다. 그렇지 않으면 카로는 집으로 돌아가야만 하는데, 그건 정말로 원치 않는 일이었다.

엄마는 카로를 집에 오게 하려고 무슨 일이라도 할 테니까.

"할아버지 집에 얼마나 오래 있을 건지 말해 줄래?"

"그 사람이 가 버릴 때까지요."

카로가 대답했다.

수화기 반대편에서는 또 침묵이 흘렀다. 카로는 펜을 집어 들고 어제 바삐 오느라 두고 온 물건들의 목록을 적기 시작했다. 칫솔, 카세트 플레이어, 운동화 등등.

"너한테 필요한 물건들을 좀 가져다줄 생각인데 어떠니?"

"정말이요?"

"뭐가 필요하니?"

엄마에게 필요한 목록을 불러 줄 때 카로는 목이 메어 왔다. 카로의 방, 침대, 그리고 창밖 풍경에 대한 그리움이 물밀 듯 몰려 왔다.

"그리고 자전거는 어떠니?"

"그건 여기에 있어요."

"할아버지 집에는 자전거를 놓아둘 지하실이 없잖니."

"알아요. 어젯밤에는 울타리에 묶어 두었어요."

"만약 잃어버리면 다시 사 주지 않을 거야."

"괜히 겁주지 마세요! 자전거용 지하실이 있다고 내가 집에 돌아갈 거라 생각하시는 거예요?"

엄마가 왔을 때 할아버지가 카로의 옷가방을 받아들었다. 주방에서 카로는 엄마가 할아버지에게 이 일에 어쩌다 할아버지까지 얽히게 되었냐고 말하는 것을 들었다. 중학생 아이가 주변에 있는 것은 결코 즐거운 일이 아니다. 할아버지는 사태를 진정시켜야 한다는 것을 잘 알고 있었다. 할아버지는 카로가 알아들을 수 없게 뭔가를 중얼거렸다. 엄마는 떠나면서 할아버지에게 카로가 머무는 게 무리가 되면 언제든 알려 준다는 약속을 받아 냈다.

카로가 할아버지 집에서 밤을 보낸 것은 처음이 아니었다. 몇 년 전 엄마가 맹장 수술을 했을 때 카로는 열흘 동안 할아버지 집에 머물렀고 할아버지의 재밌는 버릇을 알고 깜짝 놀란 적이 있었다.

책을 읽을 때 할아버지는 언제나 두꺼운 쿠션을 배 위에 올려 두었다. 그러면 책을 훨씬 더 편하게 읽을 수 있기 때문이었다. 할아버지가 옳았다. 그래서 카로도 따라해 보았다.

가장 신기한 것은 할아버지는 텔레비전을 보지 않는다는 것이다. 라디오만 들었다. 뉴스, 드라마, 교육 프로그램, 그리고 외국어로 말하는 프로그램을 들었다.

"너희들은 행운아야."

할아버지가 이어 말했다.

"네 나이일 때 나는 새로운 언어를 배우고 싶었단다."

카로가 익숙해질 수 없었던 한 가지는 양파 냄새였다. 아침마다 할아버지는 비스킷 두 조각을 크림치즈, 양파 링과 함께 먹었다. 할아버지는 엄마가 음식 보관할 때 사용하라고 준 종 모양의 유리

그릇 안에 잘려진 양파들을 보관하지 않았다. 대신 도자기류 그릇들을 보관하는 찬장 안 접시 위에 올려 두었다. 엄마는 찬장 문을 열 때마다 양파 냄새가 코를 찌른다며 잔소리를 해 댔다. 하지만 할아버지는 그렇게 하지 말라는 엄마의 이야기를 듣지 않았다.

"내 아파트에서는 내가 하고 싶은 대로 할 수 있어. 그리고 어쨌든 나는 양파 냄새가 좋아."

그날 저녁 카로는 당분간 할아버지 집에 머물 거라고 생각하며 잠이 들었다. 적어도 여름방학까지는. 어쩌면 그보다 더 길어질지도.

엄마는 카로가 학교생활을 잘하는지, 시험은 쳤는지 아니면 점수는 나왔는지, 그리고 부엌에서는 할아버지를 도와주고 있는지 등을 확인하기 위해 거의 날마다 전화를 했다.

"할아버지 도와주라는 말을 하려고 계속 전화할 필요는 없어요. 그 정도는 나도 알아요."

"그러면 네 빨래는 어떡하니?"

"그거요? 할아버지와 나는 방금 빨래방에 다녀왔어요."

"그리고 제대로 챙겨 먹고 있니?"

"오늘 우리는 케이퍼 소스를 곁들인 미트볼을 먹었어요."

"네가 좋아하지 않는 거잖아."

"할아버지가 만들어 주는 것은 좋아요."

"케이퍼조차도?"

"네. 왜요?"

엄마는 카로의 말을 믿을 수 없다는 듯 헛기침을 했다.

"네가 괜찮으면, 이따 보러 갈까? 일주일 동안 못 봤잖니."

"오후에 리카를 보러 갈 거예요."

"그러면 오늘 저녁에 가마. 네 자전거 공기 펌프도 가져다주려고."

"그건 그저께 가져왔어요."

"그런데도 위층으로 올라오지 않았니?"

"네."

카로는 엄마가 숨을 들이마시는 소리를 들었다.

"그래, 그럼 잘 지내라."

집 현관으로 들어가서 지하실로 휙 내려가는 것이 얼마나 이상한 기분이었는지 카로는 엄마에게 말하고 싶었다. 하지만 엄마는 이미 전화를 끊어 버렸다.

브룬스 선생님은 엄마가 '지금 상황'이라고 말하는 것에 대해 카로가 이야기하고 싶어 하지 않는다는 것을 알고 있는 듯했다. 독일어 수업 시간이 끝날 때 한두 번 카로를 미심쩍은 듯 훑어보았지만 카로는 눈길을 돌렸다.

어느 날 브룬스 선생님은 운동장에 있는 카로 옆으로 다가와 카로가 어떤 기분인지 상상할 수 있으며 언제든지 카로와 대화할 수 있다는 것을 알아주길 바란다고 이야기했다. 카로는 고개를 끄덕인 뒤 재빨리 달아났다. 브룬스 선생님에게 눈물을 보이고 싶지 않았기 때문이었다.

"브룬스 선생님이 오늘 나한테 뭔가를 부탁했어."

며칠 뒤 리카가 말했다.

둘은 수영장 옆 잔디밭 위에 누워 하늘을 바라보고 있었다.

"뭘?"

"너를 도울 수 있는 방법을 내가 알고 있는지."

"글쎄다. 없는 것 같은데."

"할아버지랑 영원히 함께 살려고 하는 거야?"

"나도 몰라."

리카가 몸을 돌려 카로를 쳐다보았다.

"우리 부모님한테 네가 우리 집에 와서 같이 지낼 수 있는지 물어봤어. 우리 집이 넓으니까."

"그래서? 뭐라 하셔?"

"부모님은 가능하지 않을 거라고 말씀하셨어. 너네 엄마한테는 옳지 못한 일이니까."

"안됐네. 너랑 같이 지내면 좋을 텐데."

"나도. 함께 있으면 무척 좋을 텐데."

리카가 다시 몸을 구르며 말했다.

카로는 두 눈을 감고 리카의 집에 사는 것은 어떨지 상상했다.

리카의 아빠는 매우 엄격하지만 몹시 재미있기도 했다. 리카의 엄마는 조금도 엄격하지 않았다. 알렉스 오빠는 웃는 모습이 좋았다. 비록 가끔씩 리카를 신경질 나게 하지만. 그리고 맥스는 물론 최고였다.

"카로? 나도 머리 잘라도 괜찮을까?"

리카가 벌떡 일어나며 말했다.

카로도 자리에 앉았다.

"당연히 괜찮지."

"며칠째 생각했어. 너는 머리 짧게 자른 게 아주 잘 어울려."

"너한테도 잘 어울릴 거야."

"그렇게 생각해?"

"틀림없어."

"나랑 같이 갈 거니?"

"뭐? 지금?"

"그래. 그렇지 않으면 용기를 못 낼 것 같아."

"돈은 있어?"

"준비해 왔어."

헤어스타일을 바꾼 기념으로 두 사람은 아이스크림 가게에서 축하 파티를 했다. 그리고 얼마 뒤 카로는 엄마와 그 사람이 도로를 건너는 것을 보게 되었다. 둘은 팔짱을 낀 채 웃고 있었다. 카로는 침을 꿀꺽 삼켰다.

"뭐야?"

리카가 물었다.

"엄마가…… 저기에 있어. 그 사람과 같이."

"어디?"

카로가 도로를 가로질러 가리켰다.

"저기에."

"아, 그래. 저 사람 맞아. 지난번에 알스터 호수에서 너네 엄마랑 같이 있었던 사람이야."

"두 사람이 어디로 가는지 지켜보자."

카로가 말했다.

"그러자. 그러면."

리카가 계산하는 동안에도 카로는 두 사람을 놓치지 않았다. 두 사람은 뮐렌캄프 쪽으로 가고 있었다.

"너희 집으로 가고 있는 것 같은데."

"그럴지도."

카로가 리카를 뒤로 잡아당기며 중얼거렸다.

뮐렌캄프에 도착하기 전 카로는 속도를 줄여 걸었다. 어쩌면 모퉁이 근처에 있는 책방에서 엄마와 그 사람이 아이쇼핑을 하고 있을지도 모를 일이었다.

"네가 먼저 가."

카로가 리카에게 말했다.

리카가 사라졌다가 금세 되돌아왔다.

"어디론가 가 버렸어."

"웃기네. 2분 전까지도 저곳에 있었는데."

카로가 리카의 주위를 둘러보며 말했다.

"그런데 우리가 왜 뒤따라가는 거지? 너는 두 사람과 연결되고 싶지 않잖아."

"나는 단지 엄마랑 그 사람이 같이 있을 때 무얼 하는지 알고 싶을 뿐이야."

"가게들 중 한 곳에 있을 거야. 우리가 빨리 따라잡는다면 쉽게 찾을 수 있을 거야."

"아니야. 그건 어리석은 짓이야. 틀림없이 우리를 보게 될 거야."

리카가 갑자기 걸음을 멈추더니 손가락으로 꽃집을 가리켰다.

"저기 있네."

카로도 두 사람을 보았다. 그 사람은 목마가렛이라는 화초를 심은 큰 화분을 옮기고 있었고, 엄마는 노랑매미꽃 한 다발을 들고 있었다. 엄마가 두 사람을 향해 손을 흔들었다. 그 사람은 비어 있는 손이 없었다. 그렇지 않았다면 당연히 함께 손을 흔들었을 것이다.

"가자."

카로는 휙 돌아서더니 아이스크림 가게를 향해 달려갔다. 카로와 리카는 그곳에 자전거를 쇠사슬로 묶어 놓았었다.

"이상해."

알스터 호수를 따라 자전거를 타고 달릴 때 리카가 말했다.

"너는 먼저 두 사람을 살펴보러 갔어. 그래 놓고는 왜 도망쳤지?"

"그게 뭐?"

"네가 말하는 것과 달리 너는 두 사람에게 무관심하지 않다는 거지."

"관심 없어!"

카로가 소리쳤다. 하지만 그 말이 사실이 아니라는 것을 리카도 알고 있다고 카로는 생각했다.

"리카는 언제부터 머리를 짧게 잘랐니?"

그날 저녁 카로가 전화했을 때 엄마가 물었다.

"오늘부터요. 우리는 오늘 포엘쇼캄프에 있는 미용실에 갔어요."

"그래서 우리가 너희를 보게 되었구나."

"……."

잠시 동안 누구도 말하지 않았다. 그런 다음 카로는 엄마에게 학교에 대해 말하기 시작했다. 카로가 엄마와 그 사람을 염탐했다는 생각을 엄마가 하지 않기를 바라면서.

국경선에 서 있는 사람

"또 점심 먹으러 올래?"

며칠 뒤 리카가 물었다.

"혹시 할아버지가 허락하지 않으실까?"

"아니야, 거의 모든 걸 하게 해 주셔."

"사실 우리 부모님도 나도 너한테 뭘 물어보고 싶어서."

"뭔데?"

"좀 기다려 봐."

그다음 날 학교가 끝난 뒤 카로는 리카와 함께 리카네 집으로 갔다. 둘이 문을 채 다 열기도 전에 맥스가 달려와 손을 핥아 댔다.

"맥스가 더 큰 것 같아."

카로가 말했다.

리카 엄마가 고개를 끄덕였다.

"얘가 얼마나 많이 먹는지……."

"안녕, 카로."

리카 아빠가 인사하며 손을 내밀었다.

"야, 카로."

알렉스가 소리쳤다.

"얘기 들었니? 내가 결국 한 학년 올라간다는 것 말이야."

"대단해요!"

"그래, 운이 좋았어. 모두 영어 선생님 덕분이지."

리카 아빠가 말했다.

"말도 안 돼요! 제가 스스로 열심히 공부했기 때문이에요."

"네가 열심히 공부해서라고? 아주 좋은 변화로구나."

"좋아요, 이 이야기는 이제 그만. 밥 먹을 시간이에요."

리카 엄마가 외쳤다.

"우리 뭐 먹어요?"

알렉스가 물었다.

"콩과 으깬 감자를 곁들인 수프란다."

"요리사 할아버지가 나의 변화에 어울리는 뭔가를 요리할 수 없을까?"

알렉스가 중얼거렸다.

"그게 마음에 안 든다면 네가 요리를 만들 수도 있어."

리카 아빠가 알렉스를 향해 말했다.

"정말이야, 아들!"

"여보, 제발⋯⋯."

리카 엄마가 한숨을 내쉬었다.

"분위기를 깼나?"

"자, 이제, 밥을 먹읍시다."

리카가 말했다.

비가 내릴 것 같은 날씨라 집 안으로 들어가 큰 식탁에 둘러앉았다. 적어도 열두 명은 앉을 수 있었다.

리카 아빠는 이제 맥스에 대해 안정을 찾았는지 맥스가 발등에 앉아도 불평 한 마디 하지 않았다.

"저 개가⋯⋯."

"맥스가 아빠를 좋아해요."

리카가 말했다.

"너도 알다시피 나는 개를 전혀 좋아하지 않았어."

"그런데 이제는 발등을 따뜻하게 감싸 주는 저 녀석이 없으면 못 살 정도지요."

알렉스가 웃었다.

"오, 그렇지. 저 녀석이 없으면 그리워할 것 같은데."

리카 아빠가 빙긋이 웃으며 말했다.

"그래서 여름휴가 때 맥스도 데리고 갈 예정이야."

리카 엄마가 말했다.

"그러면 이제 본론으로⋯⋯."

리카 아빠가 말을 꺼내려 하자 리카가 소리쳤다.

"맞아요."

카로는 도대체 무슨 일이 일어나고 있는지 알 수 없었다.

"우리 집에서 프랑스 남부에 3주 동안 지낼 집을 하나 빌렸어. 너도 함께 갈 수 있는지 궁금해."

리카가 카로를 향해 물었다.

"진심이니?"

"그래."

"다음 주 금요일이면 방학이야. 방과 후에 바로."

"카로 엄마가 허락하실지 모르겠네."

리카 엄마가 미소를 지으며 말했다.

"점심 먹은 다음 네가 엄마한테 전화해 보는 게 가장 좋은 방법이지."

카로는 전화기를 향해 뛰어가면서 자신이 몹시 들떠 있다는 것을 깨달았다. 최근에는 여름휴가에 대해 생각하지 않으려고 애썼다. 솔직히 여름휴가를 가는 것 자체를 몹시 걱정하고 있었다. 발트해 해변에 있는 휴게 의자에 엄마와 조용히 앉아 있는 것. 아니면 엄마와 함께 알프스에 있는 산을 조용히 오르는 것. 지난 몇 년 동안 카로와 엄마는 여름휴가 때 그런 것들을 하며 보냈다. 올해 두 사람은 함께 아무것도 즐기지 못할 것이다. 카로는 리카네가족과 함께 휴가를 보내러 멀리, 저 멀리 갈 테니까. 카로는 리카네 가족을 좋아했고, 리카네 가족도 카로를 좋아했다. 카로가 리카네 집에 있을 때 가족들은 카로와 리카를 차별하지 않고 대해서 좋았다. 때때로 카로는 리카와 자매였으면 좋겠다는 생각을 하곤 했다. 그러면 카로는 제대로 된 가족을 갖게 되는 것이다. 아빠와 엄마, 오빠와 여동생이 있는, 게다가 개도 있는 가족.

"여보세요?"

전화기에서 엄마 목소리가 들렸다.

"카로예요."

"안녕, 카로. 어디니?"

"리카네요. 리카네 가족이 프랑스 남부로 휴가를 가는데 같이 가자고 저를 초대했어요. 여름방학이 시작되면 3주 동안이요. 가도 돼요?"

엄마는 한숨을 내쉬었다.

"리카 엄마가 어제 전화하셨어."

"그래서요?"

"······함께하면 좋겠거든."

"뭐라고요?"

"휴가를 같이 보내면 좋겠다고."

엄마가 말하는 '같이'는 누구란 말인가? 그 안에 그 사람도 포함시키는 것인가?

"너는 가고 싶어?"

"당연하죠!"

"엄청 멀리 가야 할 텐데."

"알아요."

"그리고 너는 그 나라 말을 못하잖아."

"리카네 가족은 불어를 할 수 있을 거예요. 프랑스에 많이 가 봤거든요."

"네가 같이 가도 정말 괜찮다고 하셔?"

"네, 그럼요. 그렇지 않으면 제게 부탁했겠어요. 맥스도 같이 가 는걸요."

"맥스가 누구니?"

"리카네 개예요."

엄마는 다시 한숨을 내쉬었다.

"제발요!"

"오, 그래. 나는 괜찮아."

"정말요?"

"그래."

"고마워요!"

카로가 전화를 막 끊으려고 하자 엄마가 급히 말했다.

"카로?"

"네?"

"내일 오후 너와 할아버지한테 가 볼까 생각 중이거든."

"왜요?"

"네가 보고 싶어서."

엄마의 목소리가 갑자기 슬프게 들렸다.

"우리는 3주나 못 봤잖니."

"음⋯⋯."

"케이크를 좀 가져갈 거야."

"좋아요."

카로는 전화를 끊고 리카네 가족에게 돌아갔다. 카로도 엄마가 보고 싶었다. 그동안 많은 일이 일어났지만.

리카네 가족은 카로 엄마가 허락했다는 소식을 듣고 기뻐했다. 리카가 사진첩을 꺼내 빌려 놓은 집 사진들을 보여 주었다.

"해변까지는 고작 5분 거리야."

리카가 말했다.

"저곳은 술락이라고 불리는 곳인데 프랑스 남서부에 있는 보르도에서 멀지 않단다."

리카 아빠가 말했다.

"카로야, 대서양 쪽에 가 본 적 있어?"

알렉스가 물었다.

카로는 고개를 가로저었다.

"파도가 엄청 나지. 서핑하기에는 환상적이야. 장담해."

열흘 뒤 이 시간이 되면 리카네 가족들은 떠날 준비를 하고 차

안에 있을 것이다. 카로는 실감이 나지 않았다. 틀림없이 엄마도
아직 믿지 못할 것이다.

그다음 날 엄마는 딸기 케이크를 가지고 할아버지 집으로 왔다.

"술락이라는 곳은 너무 멀어. 그리고 너는 고작 중학생이야."

"중학생이면 이제 다 컸다고요."

카로가 말했다.

"그건 그렇지."

할아버지가 거들었다.

"두 사람은 호흡이 참 잘 맞네요."

엄마가 케이크를 자르면서 말했다.

할아버지가 카로에게 윙크를 했고, 카로도 할아버지에게 윙크를
했다. 그렇게 카로는 할아버지에게 의지하고 있었다.

세 사람은 학교와 할아버지의 건강과 변덕스러운 날씨에 대해
이야기를 나누었다. 단 하나 이야기하지 않은 게 있다면 그 사람
에 관한 것이었다.

한 시간 뒤 엄마는 집에 가려고 일어섰다. 엄마는 두 팔을 벌려
카로를 꼭 안았다.

"짐 싸러 언제 올 거니?"

엄마가 물었다.

"출발하기 전에요."

카로는 엄마가 많이 실망하고 있다는 것을 알았다. 엄마는 방학 전에 카로가 집으로 돌아오기를 바랐을 것이다. 하지만 그 사람이 집에 있는 한 카로는 손톱만큼도 그럴 생각이 없었다. 그리고 그 사람은 집에서 나가지 않을 것이 확실했다.

"할아버지는 그 사람을 만나 봤어요?"

저녁 식사 때 카로가 할아버지에게 물었다.

"마틴 말이니?"

카로는 고개를 끄덕였다.

"그래, 몇 번."

"어디서요?"

"너희 집에 차 마시러 갔었지. 그리고 어느 일요일에 점심을 같이 먹었단다. 네가 리카네 집에 있었던 주말이었을 거야. 그렇지. 그날 엘베 강까지 산책을 갔고, 그 뒤 저녁으로 생선을 먹었지."

"할아버지가 그랬다는 사실을 저는 몰랐어요."

"그게 문제가 되니?"

"아니요. 하지만 제 생각에는…… 글쎄요, 할아버지도 그 사람과 관계를 맺는 것을 원치 않으리라 생각했어요."

"왜 그렇게 생각했지?"

"왜냐면……."

갑자기 카로의 두 눈에 눈물이 차올랐다.

"왜냐면 너는 마틴과 아무 관계도 맺고 싶지 않기 때문이지."

"음……."

"하지만 카로야, 나는 궁금했단다. 네 아빠를 만나고 싶었어."

'아빠'라는 그 말, 카로에게는 끔찍한 단어였다.

"그리고 이건 말해야겠구나. 나는 그 사람이 좋단다."

할아버지는 왜 그 사람을 사투리가 심하고 엄청 지루한 사람이라고 이야기하지 않는 것일까?

"내가 이런 얘기하는 것을 네가 좋아하지 않는다는 것 알고 있다."

"당연하죠!"

"생각한 대로구나. 세상 일이 그런 거란다."

두 사람은 잠시 아무 말도 하지 않았다.

"그러면 그때로 돌아가서 할아버지는 엄마를 믿었어요?"

마침내 카로가 물었다.

"언제?"

"할아버지와 할머니한테 엄마가 임신했다고 하며 아빠는 사고로 돌아가셨다고 얘기했던 때요."

"나는 믿었는데, 네 할머니는 그러지 않았지."

"왜요?"

"할머니는 네 엄마가 네 아빠에 대한 사진을 갖고 있지 않는 걸로 봐서 네 아빠가 아이를 원하는 것처럼 보이지 않는다며 이상하다고 생각했지. 나는 네 엄마가 네 아빠를 짧은 기간 동안 알았기 때문이라고 할머니에게 설명했고."

"그래서 할머니는 엄마를 의심했어요?"

"글쎄다, 할머니는 어떤 남자가 네 엄마를 버렸다고 생각했단다. 그리고 그것은 끔찍한 일이라고 생각했지. 어떻게 그런 일이 우리에게 일어날 수 있느냐며 할머니는 계속 울기만 했단다."

"할머니는 엄마를 도와주지 않았어요?"

"안 도왔지."

할아버지는 안경을 닦고 이마를 문질렀다.

"할머니는 네 엄마를 조금도 돕지 않았어. 오히려 수치스럽게 여겼지."

갑자기 카로는 엄마가 그동안 왜 할머니 이야기를 하지 않았는지 이해할 수 있었다. 그리고 카로가 할머니에 대한 이야기를 했을 때 왜 엄마 기분이 좋지 않았는지도.

"하지만 그 사람…… 마틴은 엄마를 버리지 않았다. 그런 거예요?"

할아버지는 카로를 놀란 표정으로 바라보았다.

"그렇지. 그는 안 그랬어."

"그러면 그 사람은 뭘 했어요?"

"그게 말이다, 국경 문제, 그게 어떤 일인지는 알고 있지? 그 당시에 동서독 로맨스는 가망성이 없었어."

"그랬군요."

"게다가 마틴은 이혼한 상태였어. 아들이 하나 있고."

"그 사람에게 아들이 있어요?"

"그래. 어린 아들이 있었지."

그건 카로에게 이복오빠가 있다는 것을 의미했다.

"네 엄마가 베를린을 떠난 뒤 마틴은 괴로워했단다."

"그 사람은 편지를 쓸 수도 있었어요."

"그렇게 했지. 하지만 마틴이 갖고 있는 네 엄마의 주소는 베를린에 있는 집이었고, 네 엄마는 벌써 그곳을 떠났지. 마틴의 모든 편지가 되돌아갔지."

'그 사람의 아들은 지금 몇 살쯤 됐을까? 열여섯? 열일곱?'

카로는 생각에 잠겼다.

"아직 내 말을 듣고 있니?"

"네."

"마틴은 좋은 사람이란다. 너도 언젠가는 그 사실을 알게 될 거야."

할아버지의 말이 카로의 마음을 찔렀다.

카로는 잠자리에 들었을 때 할아버지가 해 준 이야기를 모두 잊어버리려고 애썼다. 하지만 카로의 눈앞에는 마틴의 얼굴이 계속 떠올랐다. 그 사람은 국경선에 서 있지만 건널 수 없는 사람처럼 보였다.

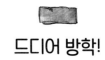

드디어 방학!

일주일 뒤, 마침내 날씨가 다시 따뜻해지기 시작했다. 그것도 방학 시즌에 딱 맞춰서.

"내일 형편없는 성적표를 안 받으면 좋을 텐데."

스벤이 볼멘소리로 말했다.

카로는 성적표를 신경 쓰지 않았다. 카로의 생각은 오로지 방과 후에 집에 가서 짐을 싸는 것뿐이었다.

"나를 위해 행운을 빌어 줘."

"뭘 위해서?"

리카가 물었다.

"그건…… 그 사람이 집에 없기를."

"그래. 설령 집에 있다고 해도 너는 하룻밤만 머무는 거야."

다행히 마틴은 집에 없었고 엄마의 방에 그 사람 것이 틀림없는 셔츠 몇 장과 바지 한 벌이 있었다. 그리고 엄마의 책상 옆 벽에는 베레모를 쓰고 웃고 있는 그 사람의 커다란 사진이 걸려 있었다.

나중에 엄마가 쇼핑을 나갔을 때 카로는 마틴의 사진에서 다른 모습을 보았다. 사진에는 카로가 그 전에는 알아차리지 못했던 무언가 친절하고 따뜻한 그런 것이라고 할까. 카로는 그 사람이 어떤 눈을 갖고 있는지 보려고 사진 가까이 다가갔다. 연갈색 눈동자에 주위가 푸른색을 띠고 있었다. 카로의 눈과 똑같았다.

"마틴은 동료들을 만나러 갔어."

쇼핑에서 돌아온 엄마가 말했다.

"너는 마틴을 만나지 않게 될 거야."

"고마워요."

카로가 중얼거렸다.

"그건 마틴의 생각이란다."

"알았어요."

"마틴은 우리의 저녁을 망치고 싶어 하지 않았어."

잠시 동안 아무도 말을 하지 않았다.

"네 신분증도 챙겼니?"

"네."

"그리고 프랑스 돈도?"

"네."

저녁 식사로는 토마토소스 스파게티와 딸기를 곁들인 프랑스제 치즈가 디저트로 준비되어 있었다. 하지만 카로는 입맛이 없었다.

"왜 맛이 없니?"

"모르겠어요."

"여행 가는 게 신경 쓰여서?"

"음……."

"리카네 가족한테 어떤 문제도 일으키지 않겠다고 약속해야 해."

"문제라니, 무슨 뜻이에요?"

"때때로 리카와 너는 지나칠 때가 있어. 그러니 너무 멀리 헤엄쳐 나가지 말고 어른들한테서 떨어져 돌아다니지 말아야 해. 리카 부모님 말씀도 잘 따르고."

"그럼요, 당연하죠."

"좋아, 그렇게 하는 거다."

잠시 뒤 카로가 물었다.

"엄마는 휴가 때 어디 갈 거예요?"

"나는 며칠 동안 베를린에 갈 거야. 그런 다음에 마틴과 함께 2주 정도 볼텐하겐에 갈 계획이야."

"그게 어딘데요?"

"발트해에 접한 메클렌부르크 주에 있지."

"그 아저씨는 그곳에 자주 가나요?"

"그래. 마틴은 어렸을 때 그곳에 가곤 했어."

카로는 엄마의 접시 쪽으로 눈길을 돌렸다. 마틴은 아마 자신의 아들과 함께 그곳에 자주 갔을 것이다. 마틴의 아들, 다시 말해 카로의 이복오빠와 함께. 카로는 엄마가 그 이복오빠를 본 적이 있는지 궁금했다.

"카로, 혹시 우리와 함께 가고 싶다면……."

"아니요."

"괜찮아."

엄마는 일어나서 식탁을 치우기 시작했다.

"난 그냥 너한테 알리고 싶었어."

"술락에 있는 집 주소를 갖고 있어요?"

"당연히 갖고 있지."

"그러면 나한테 편지 쓸 수도 있겠네요?"

"그럼."

갑자기 엄마의 눈에 눈물이 맺혔다.

엄마가 잘 자라는 인사를 할 때 카로는 하마터면 다시 볼 날을 고대한다는 말을 엄마의 귀에 대고 속삭일 뻔했다. 하지만 그게 정말 사실일까? 방학이 끝나면 모든 것들이 옛날 그대로 돌아가지 않을까? 싸우고 집을 떠나고. 결국에는 카로가 기숙학교에 가는 걸로 끝날지도 모를 일이었다.

다음 날 카로는 방학이 끝나면 일어날 일에 대해서는 모두 잊어버렸다. 우선 성적표를 받을 것이고, 그런 다음에는 프랑스로 떠날 뿐!

리카는 모두 A를 받았고 카로는 모두 B를 받았다. 카로는 영어 점수도 B를 받았다. 예전 시험에서는 D를 받은 적이 있는데도 말이다.

엄마는 학교에서 카로와 리카를 태워 곧장 리카네 집으로 갔다.

엄마에게 작별 포옹을 하자 카로는 목이 메는 듯한 느낌이 들었다. 왜 엄마는 같이 갈 수 없을까?

"어떤 문제가 생길 때 어디로 연락하면 좋을지 등등 모든 걸 적어 놓았어."

엄마가 마틴의 주소와 볼텐하겐에 있는 게스트하우스 주소가 적힌 종이를 건네며 말했다.

"고마워요."

"조심해라!"

"네."

엄마는 리카네 가족에게 인사를 한 뒤 차 안으로 들어가 짧게 손을 흔들고는 돌아갔다.

카로는 종이를 접어서 배낭 옆구리 주머니에 집어넣었다. 엄마에게 편지를 쓸지 안 쓸지 몰라도 그 종이를 절대 잃어버리고 싶지 않았다.

15분 뒤 카로는 리카네 가족의 차에 앉아 있었고, 차 안은 꽉 찼다. 그리고 리카네 가족은 엘브뤼켄으로 향하고 있었다.

"차 지붕 위에 있는 짐받이가 버텨 주면 좋겠군."

리카 아빠가 이마를 닦으며 말했다.

"제가 정말로 꽉 묶었다고요."

알렉스가 항의하듯 소리쳤다.

"그냥 말한 거란다."

"맥스는 물 좀 마셨니?"

리카 엄마가 차 뒤편 짐칸에서 헐떡거리는 맥스를 보며 물었다.

"모르겠어요."

리카가 대답했다.

"맥스에게 물을 주는 건 네 일이야."

"깜박했어요."

"이런, 맙소사."

리카 아빠가 한숨을 내쉬었다.

"그럼 스틸호른에서 잠시 차를 세워야 한다는 얘기지?"

"네."

그날 리카네 가족은 프랑스 북동부에 있는 스트라스부르에 도착했다. 프랑스 국경을 넘어갈 때 카로는 심장이 몹시 뛰었다. 카로는 외국 여행으로 단 한 번 오스트리아에 다녀온 적이 있을 뿐이었다. 하지만 그곳은 독일어를 쓰는 곳이었으니 이번 여행과는 달랐다.

리카네 가족은 작은 게스트 하우스에서 첫날을 보냈는데, 그곳 사람들은 이미 리카네 가족을 알고 있었다.

카로는 이른 아침에 눈을 떴다. 몸이 땀에 흠뻑 젖어 있었다. 갑자기 낯선 느낌이 들었다.

'어디에 있는 거지? 이 이상한 침대는 뭐지?'

카로는 옆에서 자고 있는 리카를 보고는 문득 엄마 생각이 났다.

카로는 일어나서 창 쪽으로 걸어갔다. 정원은 뿌연 불빛으로 둘러싸여 있었다. 곧 날이 밝을 것이다. 카로의 눈에 눈물이 차올랐다. 이렇게 갑자기 엄마가 그리워지다니! 카로는 엄마가 지금쯤 어디에 있는지 알아보려고 배낭에서 종이를 꺼냈다. 종이에는 '베를린-7월 9~13일, 볼텐하겐-7월 14~28일'이라고 적혀 있었다. 그렇다면 두 사람이 아직 함부르크에 있다는 이야기다. 아침 먹기 전에 서둘러 전화를 해야만 할까? 엄마는 카로가 공중전화를 쓸 수 있게 동전을 챙겨 주었다.

'아니야. 안 하는 게 좋아.'

카로는 종이를 다시 집어넣었다. 어쩐지 전화를 해서 엄마 목소리를 들으면 바로 울어 버릴 것 같았다.

카로는 다시 잠에 빠져든 다음 쉽게 일어나지 못했다. 리카가 카로의 어깨를 흔들어서야 겨우 눈을 떴다.

"6시 15분이나 됐어. 7시에 떠날 거야. 오늘은 더울 거래."

날씨가 얼마나 더웠는지! 차를 타고 두 시간가량 달리자 맥스는 혀를 입 밖으로 내밀고 있었다.

"날이 더워 맥스가 탈이 날까 걱정이네. 괜찮을까?"

리카 아빠의 말에 리카 엄마가 대답했다.

"그래서 내가 당신에게 말했는데 당신이 맥스도 함께 가야 한다고 했잖아요."

"나도 그랬어요."

리카가 소리쳤다.

"괜찮을 거예요."

알렉스가 중얼거렸다.

리카네 가족은 맥스에게 차가운 물을 주려고 차 밖으로 더 자주 나왔다.

남쪽으로 여행한 지 시간이 한참 지났다. 카로는 경치가 어떻게 바뀌는지 궁금했다. 하지만 초원과 들판은 여전히 독일과 비슷하게 보였다. 아직 야자나무를 한 그루도 보지 못했으니까.

고속도로에서 벗어나자마자 카로는 처음으로 지중해 마을에서 자라는 우산소나무를 보았다. 뒤이어 소나무 숲이 나타났다. 그곳은 모래밭이었는데 그늘지고 시원했다.

"곧 바다를 보게 될 거야."

리카가 말했다.

잠시 뒤 앞에 바다가 펼쳐졌다. 카로는 오랜만에 바다를 보자 처음 보았을 때처럼 감탄이 터져 나왔다. 바다는 정말로 끝없이 크고 넓고 파랬다. 엄마에게 전화하지 않길 잘했다. 그렇지 않으면 지금쯤 함부르크에 돌아가 있을지도 모른다.

"10분 뒤에 우리는 저곳에 있을 거야."

리카 아빠가 말했다.

바로 그때 맥스가 울부짖는 소리가 들렸다.

"괜찮아, 맥스."

리카가 맥스의 머리를 쓰다듬으며 말했다.

"맥스는 곧 차 안에서 내릴 것을 알고 있는 거야."

조금 지나서 발코니와 큰 정원이 있는 고택 앞에 도착했다. 관리인이 집 열쇠를 들고 기다리고 있었다. 이것저것 설명을 하는데 말이 너무 빨라 리카의 부모님마저도 관리인의 말을 다 알아듣지 못했다. 시간이 조금 지난 뒤에야 관리인의 말을 이해할 수 있었다. 시의 수도관이 터져서 그날 저녁 8시까지 물을 사용할 수 없다는 이야기였다. 이제 고작 5시 30분인데!

"나는 몹시 샤워를 하고 싶었는데."

리카 아빠가 실망한 얼굴로 말했다.

"큰 문제 아니에요."

리카 엄마가 말했다.

"우리는 그냥 수영하러 가면 돼요."

파도가 해변을 향해 우렁찬 소리를 내며 몰려왔다.

"조심해라, 얘들아."

리카 아빠가 소리쳤다.

"이런 파도는 타기 쉽지 않아."

"최고예요!"

알렉스가 소리치며 서핑보드를 가지고 바다로 뛰어들었다. 알렉스는 파도를 타고 점점 더 멀어져 갔다. 그저 바라보기에는 하나도 어려워 보이지 않았다.

"정말 멋져."

카로의 말에 리카 엄마가 한숨을 내쉬며 말했다.

"그렇지, 알렉스는 타고난 서퍼야. 그래도 나는 쟤를 똑바로 볼 수가 없구나."

"이리 와."

리카가 카로의 손을 잡으며 말했다.

"내가 안전한 곳을 알고 있어. 그곳은 파도가 그렇게 세지 않아."

둘은 넓은 해변을 따라 걸어가서 두 개의 방파제가 있는 곳에 도착했다. 파도는 잔잔했다.

카로는 먼저 리카가 어떻게 물속으로 들어가는지, 그런 다음 어떻게 파도 위에 서는지를 지켜보았다.

"이제 너도 한번 해 봐."

리카가 물속에서 소리쳤다.

첫 시도에서 카로는 발을 헛딛고 말았다. 물속에서 허우적대다 마침내는 모래밭에 내던져졌다. 카로는 기진맥진한 채 한동안 그곳에 누워 있었다.

"괜찮니?"

리카가 물으며 카로가 일어나는 것을 도와주었다.

"응. 발트해와는 다르네, 그렇지?"

"그렇게 말할 줄 알았어."

두 번째 시도에서는 좀 더 나아졌다. 어느 단계에 이르자 카로는 요령을 터득했다. 엄마가 지금 카로의 모습을 본다면 깜짝 놀랄 일이었다.

"좋아, 돌고래들아, 그렇게 재미있니?"

두 사람이 물 밖으로 나오자 리카 엄마가 물었다.

"네!"

둘이서 젖은 몸을 말리고 있는데 맥스가 물속으로 뛰어 들어가려고 했다. 그러다 마지막 순간에 파도가 치자 달아났다. 그러고는 애원하는 표정으로 리카를 향해 뛰어올랐다. 그 모습은 마치 리카가 자신을 끄집어내 주기를 바라는 듯했다.

"바다가 맥스를 안절부절못하게 만들고 있어."

리카 엄마가 말했다.

"알렉스는 바다의 매력에 푹 빠져 있어."

리카 아빠가 말했다.

"질리지도 않나 봐. 얘들아, 저녁 먹자."

리카 엄마가 손을 흔들며 알렉스를 불렀다.

"먹고 싶으면 지금 와야 해."

저녁은 레스토랑 베란다에 앉아 구운 생선과 감자 칩을 먹었다.

콜라도 마시고 디저트로는 초콜릿 소스를 바른 바닐라 아이스크림을 먹었다. 밤공기는 달콤했고 매미 소리도 들렸다. 아직 더운 기운이 남아 재킷을 입을 필요가 없었다.

그 순간 카로는 갑자기 몸이 굳어졌다. 마틴과 똑같이 생긴 한 남자가 건너편 길에서 다가오고 있었기 때문이다. 키도 비슷하고 머리도 벗어졌다. 마틴의 곁에는 한 소년이 같이 뛰고 있었다. 소년은 열여섯이나 열일곱쯤 되어 보였다. 소년이 남자에게 무언가를 말했고 두 사람이 웃었다. 두 사람이 점점 더 가까이 다가왔다. 카로는 숨을 멈추었다. 정말로 마틴이라면 어떡하지? 마틴과 그의 아들이라면. 카로의 이복오빠라면.

'아니야! 아냐, 그럴 리가 없어.'

그 사람의 두 눈은 마틴과 완전히 달랐고 불어로 말했다.

"무슨 일이야?"

리카가 물었다.

"저 사람을 마틴이라고 생각했어."

카로가 숨죽여 대답했다.

"어디?"

"저기 소년과 함께 있는 남자."

리카가 어깨를 으쓱했다.

"조금도 닮지 않았는데."

카로는 잠시 눈을 감았다. 뭐가 잘못된 걸까? 카로는 무엇을 보고 있는 걸까?

　그다음 날 태양은 다시 밝게 빛났다. 리카와 카로는 아침 준비
를 하러 가까운 슈퍼마켓으로 갔다. 바게트 빵, 버터, 잼, 그리고
우유. 카로는 조금이라도 불어를 알아들을 수 있으면 좋겠다고 생
각했다. 불어는 낯설지만 무척이나 사랑스럽게 들렸다. 언젠가는
카로도 불어를 배울 수 있을 것이고, 그러면 큰 슈퍼마켓뿐 아니
라 작은 가게에서도 장을 볼 수 있을 것이다.

　정원 나무 그늘 밑에서 아침을 먹고 다시 해변으로 갔다.

　"여긴 볕이 너무 강하구나. 자외선 차단제를 많이 바르렴."

　리카 엄마가 말했다.

　카로는 쉽게 타지 않지만 리카는 달랐다. 그래서 정오 이후에
는 리카 아빠가 해변에 쳐 놓은 두 개의 큰 파라솔 아래에 계속
누워 있었다.

　"너랑 함께 와서 정말 좋아."

　"나도."

　리카와 카로가 바다를 바라보며 말했다.

　카로는 엄마와 마틴이 지금 뭘 하고 있는지 궁금했다. 두 사람
은 아직 함부르크에 있을 것이다. 날씨가 좋다면 두벤스테터 브
룩이나 엘베 강으로 소풍을 갈 수도 있을 것이다. 카로는 엄마가
마틴에게 자신을 어떻게 말했는지 알고 싶었다. 카로가 생일 선물

로 그 목걸이를 받은 걸 알고 있을까? 그리고 카로가 마침내 아빠한테서 무언가를 받았다는 사실만으로도 얼마나 기뻐했는지 알고 있을까?

"카로?"

"응?"

"갑자기 무척 슬퍼 보여."

"나는…… 단지 그 사람에 대해 생각하는 중이었어."

"그래서?"

"정말로, 나는 그 사람에 대해 하나도 아는 게 없어."

"그렇구나."

"웬걸. 별문제 아니야. 수영이나 하러 가자!"

카로가 먼저 파도를 향해 나아갔다. 리카도 뒤따랐다. 둘은 함께 첫 번째 파도 속으로 뛰어 들어갔다.

"문제가 되지, 어쨌든."

리카가 숨을 쉬려고 물 위로 올라오면서 말했다.

카로는 대답하지 않았다. 그저 다음 파도에 몸을 던질 뿐이었다. 당연히 리카 말이 맞았다. 문제가 있는 것이었다.

일주일 뒤 베를린에서 엄마가 보낸 편지가 도착했다. 그곳 역시 덥다고 했다.

나는 동베를린을 구석구석 여행 중이란다. 마틴과 함께 예전에 갔던 곳들을 다시 가서 보고 있지. 모든 것이 거의 그대로인 게 이상했어. 우리는 너무 많이 변했는데 말이야. 옛날에는 너도 없었지. 지금은 상상도 할 수 없지만. 마틴도 마찬가지고. 마틴이 안부를 전하는구나. 우리는 네 생각을 많이 하고 있단다. 리카와 함께 정말로 행복한 휴가를 보내기를 바랄게. 많이 사랑한다.

엄마가.

"엄마는 뭐라고 하셔?"

리카가 물었다.

"베를린에 있다고."

"나도 그곳에 가 보고 싶어."

"그곳도 덥대."

"그게 전부야?"

"아니. 뭔가 하고 있겠지."

리카는 카로를 보며 눈살을 찌푸렸지만 더는 묻지 않았다. 카로는 엄마에게 답장을 뭐라고 해야 할지 고민했다. 어쨌든 엄마와 마틴이 자신을 많이 생각하고 있다는 이야기가 싫지 않았다.

그날 밤 카로는 혼자서 해변을 걷는 꿈을 꾸었다. 갑자기 멀리 있는 검은 점 하나를 보았는데 점점 더 가까이 다가왔다. 카로는 몹시 놀랐다. 이곳에서 카로를 향해 다가오는 사람을 본 적이 없기 때문이었다. 그 사람은 나비넥타이를 매고 있었다. 나비넥타이를 매고 해변을 돌아다니는 것이 얼마나 이상한지! 심지어 리카 아빠도 그렇게 하지 않았다. 그 사람과 불과 몇 미터 떨어지지 않은 거리에서 카로는 그 사람이 마틴이라는 것을 알게 되었다. 마틴은 카로를 향해 웃고 있었지만 카로는 모른 체하고 빠르게 지나쳐 갔다. 그리고 몇 걸음 걸어간 뒤에 마틴을 향해 돌아섰다. 마틴은 여전히 그곳에 서서 카로를 바라보고 있었다. 안녕. 안녕, 카로. 마틴이 카로를 향해 손을 내밀었다. 바로 그 순간에 카로는 잠에서 깼다.

"무슨 일이니?"

리카가 물었다.

"어?"

"몸을 뒤척이더라고."

"꿈을 꾸었어."

"나쁜 꿈이야?"

"아니."

"다행이네."

아침에 일어났을 때 카로가 가장 먼저 생각한 것은 새벽녘 꾼 꿈이었다. 만약 그런 일이 실제로 일어났다면 카로는 마틴에게 돌아갔을까? 아니면 그냥 계속 가 버렸을까?

"봐, 어제 네가 나한테 가리켰던 사람이야."

둘이 해변에 도착했을 때 리카가 말했다.

카로도 몇 미터 떨어진 해변 의자에 앉아 있는 그 남자를 보았다. 카로는 여전히 그 남자가 마틴과 닮았다고 생각했다.

"아들이 있어."

서핑보드를 들고 바다로 뛰어드는 소년을 가리키며 리카가 말했다.

오늘은 파도가 높아서 몇몇 서퍼들만 보드 위에 잠깐씩 서 있을 수 있었다. 알렉스는 당연히 최고였다. 카로는 전혀 두려움 없이 파도를 타는 알렉스가 놀라울 따름이었다.

카로와 리카는 파도를 뛰어넘어 물속으로 들어가려고 몇 번이나 시도했지만 곧바로 파도에 휩쓸려 버렸다.

"이제 그만 해변으로 돌아가자!"

리카가 소리쳤다.

"너무 위험해. 알렉스도 들어와야 해."

리카 아빠가 말했다.

"알렉스!"

리카 엄마가 소리치며 손을 흔들었다. 하지만 알렉스는 어디론가 사라져 버렸다. 그 순간 리카 엄마의 얼굴이 창백해졌다.

"불과 조금 전까지만 해도 그 애를 봤는데."

"알렉스!"

리카 아빠가 소리 높여 외쳤다.

"도움이 필요해요!"

리카 엄마가 바다 구조팀에게 달려가며 소리쳤고 리카 아빠도 뒤따랐다.

카로는 리카의 손을 잡았다. 알렉스가 무사해야 할 텐데!

구조 보트가 속도를 올리며 달려갈 때 한 남자가 위로 뛰어오르며 무언가를 외쳤다. 그 모든 일은 눈 깜짝할 사이에 일어났다. 구조 보트가 멈췄고 구명 튜브 두 개가 배 밖으로 던져졌다. 그 뒤 두 소년이 보트 안으로 끌어올려졌다. 몇 분 뒤 모두 다 해변으로 되돌아왔다.

알렉스가 보트 밖으로 걸어 나오자 리카 엄마가 눈물을 터뜨리며 알렉스를 껴안았다.

"저 아이가 도와 달라고 소리치고 있었어요."

알렉스가 남자의 도움을 받아 보트 밖으로 빠져나오는 소년을 가리키며 말했다.

"그 애를 구하려고 애썼지만 해류를 뚫을 수 없었어요."

남자는 자신의 아들을 껴안았고 머리를 쓰다듬었다. 카로는 치밀어 오르는 감정을 억눌렀다. 만약 마틴의 아들이었다면!

"정말 위험했구나, 아들."

리카 아빠가 한숨을 내쉬며 말하자 알렉스가 고개를 끄덕였다.

"시간이 조금만 더 지났어도 견딜 수 없었을 거예요."

"왜 두 사람은 진작 붉은 깃발을 올리지 않았지?"

리카 엄마가 물었다.

"저기 있어요!"

리카가 깃대를 가리키며 소리쳤고, 그곳에는 붉은 깃발이 게양되어 있었다.

남자가 알렉스를 향해 돌아서서 불어로 무슨 말인가를 했다. 알렉스가 부모를 보며 표정으로 무슨 뜻인지 물었다.

"너한테 고맙다고 하는구나. 네가 아들의 생명을 구해 줘서."

리카 엄마가 통역을 해 주었다.

"단지 내 보드를 건네 줬을 뿐이에요."

"바로 그래서 그 애를 구할 수 있었던 거야. 그 애는 힘이 다 빠져 물에서 나올 수 없는 상태였거든."

"저 애의 보드가 저기 있어요!"

알렉스가 파도에 떠밀려 온 서핑보드를 가리키며 소리쳤다.

"그런데 오빠 건 어디 있어?"

리카가 물었다.

"아마 잃어버린 것 같아."

남자가 불어로 또 무슨 말을 했다.

"너한테 새 서핑보드를 사 주겠다는구나."

이번에는 리카 아빠가 통역을 해 주었다.

"정말요?"

남자가 고개를 끄덕이자 알렉스가 인사를 건넸다.

"고맙습니다."

두 아버지는 이름과 주소를 주고받았고 두 아들은 악수를 나누었다. 그러고는 모두 집으로 돌아갔다.

그날 저녁 카로는 엄마에게 편지를 썼다. 멋진 집과 해변과 바다에 대한 이야기를 썼다. 그리고 프랑스가 얼마나 훌륭한지도, 불어를 몇 마디 할 수 있게 되었다는 이야기도 썼다. 하지만 오늘 물에 빠져 거의 익사할 뻔했던 소년에 대해서는 쓰지 않았다.

마지막으로 '이만 안녕. 사랑해요, 카로'라고 쓴 다음 카로는 잠시 망설였다.

'아저씨는 어떡하지? 안부를 전해야 하나?'

'아저씨에게 제 인사를 전해 주세요.' 아니면 '아저씨에게 안부를.' 그 어느 것도 마음에 들지 않았다. 그래서 결국 카로는 아무 말도 쓰지 않았다.

다음 날 아침 카로가 엄마에게 편지를 부치고 돌아오니 그 남자와 아들이 와 있었다. 그들은 알렉스에게 새 서핑보드를 사 주겠다고 시내에 같이 가자고 했다. 카로는 그 남자를 옆에서 남몰래 힐끗 보았다. 남자는 전혀 마틴처럼 생기지 않았다. 눈만이 아니라 입도 코도 달랐다. 웃을 때 생기는 눈가 주름도 없었다.

카로는 그들이 차로 가는 것을 바라보았다. 그 순간 문득 엄마에게 보낸 편지에다 마틴의 안부를 묻지 않은 걸 후회했다.

다시 집으로

마지막 순간이 되었다. 슈퍼마켓에서 바게트를 사는 것도, 정원에 있는 나무 아래에서 아침을 먹는 것도, 파도를 타며 헤엄을 치는 것도, 해변을 걷는 것도, 저녁 무렵 매미 울음소리를 듣는 것도 마지막이었다.

"우리는 내일 아침 일찍 떠나야 한단다. 그러니 오늘 모든 짐을 싸 놓는 게 좋아."

리카 아빠가 아이들에게 다짐을 받듯 말했다.

그날 밤 마지막으로 침대에 들어갈 때 리카가 물었다.

"집에 가는 것 기다렸어?"

"모르겠어."

"너네 집에서는 무슨 일이 생길까?"

"그것도 모르겠는데."

"너네 엄마가 편지로 뭐라 말씀하지 않으셨어?"

"아니."

집으로 향하는 날, 카로는 함부르크에 대해 많이 생각하지 않으려고 했다. 생각만으로도 충분히 힘들기 때문이었다. 다음 날은 지나치게 긴장한 나머지 정말로 아무것도 생각할 수 없었다. 다시 집에서 살아야 할까? 아니면 할아버지 집으로 돌아가야 할까? 아니면 기숙학교로 가게 될까? 카로는 자신이 원하는 것이 정말 무엇인지 알 수 없었다.

쿤스베그 길로 들어서자 카로는 두 눈을 감았다. 그저 또 다른 일이 생기지 않기를 바랄 뿐이었다.

"우리 카로구나! 네가 돌아와서 정말 좋아."

엄마가 속삭이듯 말했다.

"안녕."

리카가 카로를 가볍게 톡 치며 말했다.

"내일 내가 전화할게."

"우리는 네가 보고 싶을 거야."

리카 엄마가 말했다.

"맥스도 널 그리워할 거다."

리카 아빠의 말에 맥스가 카로의 얼굴을 핥으며 인사를 했다. 맥스의 행동이 카로를 웃게 만들었다.

"얼굴 한번 보자꾸나. 우와 정말 새까맣게 탔네. 이제껏 이렇게 탄 적이 있었나."

2층으로 올라가며 엄마가 말했다.

"종일 해가 쨍쨍했어요."

"볼텐하겐은 듣는 것 이상으로 좋더라."

"재미있으셨어요?"

"응."

엄마와 카로는 현관문 앞에 다다랐다. 카로가 곧 마틴이 나타나게 될지 궁금해하던 찰나 엄마가 말했다.

"마틴은 베를린에 있어."

엄마는 카로의 마음을 읽은 것처럼 말했다.

"일부러 간 거예요?"

"아니, 베를린에 볼일이 있어서."

어쨌거나 카로는 마음이 놓였다.

"집에 온 걸 환영해."

카로의 방에는 카로가 가장 좋아하는 스위트피 한 다발이 있었다. 그 옆에 초콜릿 바도 놓여 있었다.

카로는 엄마에게 꿀 한 병과 나무 숟가락을 내밀었다. 둘 다 술락에 있는 시장에서 산 것이었다. 엄마는 무엇보다 꿀을 좋아했다.

"고마워."

엄마가 환하게 웃으며 말했다.

저녁 식사 때 카로는 엄마에게 프랑스 여행 이야기를 했다. 엄마도 볼텐하겐에 대한 이야기를 해 주었다. 하지만 마틴에 대해서는 한 마디도 하지 않았다. 엄마는 오직 독일 북동부에 있는 메클

렌부르크와 바다와 게스트하우스에 대한 이야기만 했다. 그런 엄마를 보며 카로는 엄마가 마틴과 사이가 나빠진 것일까 하고 생각했다.

"엄마는 그렇게 훌륭한 휴가를 보낸 적이 없었을 거야."

그다음 날 카로가 리카에게 말했다.

둘은 수영장 옆 잔디 위에 누워 차가운 바람을 맞았다. 역시나 함부르크는 술락만큼 덥지 않았다.

"그래서 좋아?"

"모르겠어."

"만약 두 사람이 더는 가깝게 지내지 않는다면 모든 게 예전처럼 똑같아질 수도 있지."

"아니야. 그렇진 않을 거야."

카로가 말했다.

"왜?"

"나는 이제 그 사람이 존재한다는 사실을 알고 있으니까."

"그건 그래."

집으로 오는 길에 카로는 엄마에게 솔직하게 물어봐야 할지 고민했다. 하지만 그동안 마틴을 인정하지 않았기 때문에 조금 이상하게 보일 수도 있었다.

일주일이 지나도 엄마는 마틴에 대한 이야기는 꺼내지 않았다. 그러던 어느 날 저녁에 전화벨이 울렸다. 카로는 틀림없이 리카일 거라고 생각하며 엄마보다 먼저 전화를 받으려고 뛰어갔다.

"여보세요?"

"안녕, 카로. 마틴이야."

"네……."

"나는……."

"엄마 바꿔 드릴게요."

"잠깐만."

마틴이 다급히 말했다.

엄마가 궁금하다는 듯 카로를 쳐다보았지만 카로는 어깨를 으쓱할 뿐이었다.

"너한테 물어보고 싶은 게 있단다."

"뭔데요?"

"다음 주에 내가 함부르크에 있는 너희 집에 가려고 하는데 괜찮겠니?"

카로는 침을 꿀꺽 삼켰다.

"네가 동의할 때만 가려고."

카로는 무슨 말을 해야 할지 아무 생각도 나지 않았다.

"지금 대답할 필요는 없단다."

"그래요, 그럼, 엄마 바꿔 드릴게요."

카로는 엄마에게 수화기를 넘겨주고 방으로 달려갔다.

이상하게도 그 사람의 목소리는 카로가 기억하는 만큼 기분 나쁘지 않았다. 창문을 통해 조이너 할아버지가 잠옷을 입고 고양이들 뒤를 따라 비틀거리며 걷는 모습을 볼 수 있었다. 할아버지는 지팡이를 공중에 휘두르기도 했다.

카로는 마틴이 오기를 바랐을까? 카로는 마틴을 언제 마지막으로 보았을까? 도서관에서? 아니다. 뮐렌캄프 거리에서였다. 목마가렛꽃 화분을 팔 한가득 안고서 엄마와 함께 서 있을 때였다.

카로는 침대에 누워 천장을 바라보았다. 여전히 작은 금들이 그어져 있었다. 하지만 더는 커지지 않았다. 카로는 지금 무엇을 해야 하나? 무엇이든 말해야 했다.

"아저씨와 언제 다시 통화하실 거예요?"

엄마가 밤 인사를 하려고 방에 들렀을 때 카로가 물었다.

"내일 저녁에."

"그러면 이렇게 전해 주세요. 나와 관련된 일이 있다면 함부르크에 올 수 있다고요."

"마틴이 기뻐할 거야."

"우리가 같이 뭔가 할 필요는 없는 거죠?"

엄마가 웃으며 대답했다.

"물론이지."

카로가 어제 있었던 일을 이야기하자 리카는 무척 기뻐했다.

"굉장하다! 그럼 언제 온대?"

"아마 토요일."

"대단한 일이 될 거야, 두고 봐."

"네가 어떻게 알아?"

"예감이 좋아."

"솔직히 긴장돼."

"틀림없이 네 아빠는 좋은 분일 거야."

"왜 그렇게 생각하는데?"

"알스터 호수에서 봤을 때 그냥 좋은 사람 같아 보였어."

시간이 평소보다 훨씬 더 느리게 지나갔다. 카로는 모든 게 끝난 상태면 좋겠다고 생각했다.

"마틴은 2시 전에 중앙역에 도착할 거야. 내가 마중 나가려고."

토요일 아침 식사 때 엄마가 말했다.

카로는 고개를 끄덕이고 한 입 베어 먹었던 롤빵을 접시 위에 올려놓았다. 아침에 일어나면서 카로는 마틴을 마중 나가지 않을 거라고 다짐했다. 그런 일은 정말 따분하기 짝이 없는 일이라고 생각하면서 말이다.

"오후에 집에 있을 거니?"

"네."

"그래, 그러면, 우리도 곧장 집으로 올게."

"하지만 나는 두 사람과 같이 차와 케이크를 먹는 일은 하고 싶지 않아요."

"안 할 거야."

"지금 엄마는 그런 걸 계획한 사람처럼 보여요."

"카로, 이런 상황은 나한테도 어렵단다."

"아무것도 계획하지 않는 게 훨씬 편할 거예요."

"알았어."

마틴이 도착할 시간이 가까워질수록 카로는 더 예민해졌다. 자전거를 타고 동네를 한 바퀴 돌고 초콜릿 아이스크림을 사 먹은 뒤 리카에게 연락을 했다.

"몹시 신경 쓰여."

"언제 오는데?"

"엄마가 2시 전에 중앙역에서 그 사람을 만난다고 했어."

"너는 가고 싶지 않은 거지?"

"나는 셋이서 하는 거는 아무것도 하고 싶지 않아."

"그래, 그럼 그분과 둘이서만 뭔가를 해 봐."

"그러면 나는 아저씨한테 무슨 말을 하지?"

"모르겠네. 어쨌거나 그분도 너만큼 긴장될 것 같아."

"그럴 거야."

"어쩌면 그냥 두고 보는 게 좋을 것 같아."

"음······."

"어쨌든 행운을 빈다. 네 생각하고 있을게."

"고마워."

카로는 그렇게 말하고 전화를 끊었다. 기분이 한결 나아졌다.

카로가 집에 도착했을 때 엄마는 기차역으로 마중을 나가고 없었다. 배가 고프면 남겨 놓은 당근 스튜를 데워 먹으라는 쪽지가 부엌 식탁 위에 놓여 있었다. 카로는 오늘 롤빵 4분의 1조각과 초콜릿 아이스크림 말고는 아무것도 먹지 않았다. 그래서 스토브를 켜고 찬장에서 접시를 하나 꺼냈다.

음식을 먹는 동안 카로는 계단에서 발소리가 나는지 귀를 기울였다. 시계를 보니 3시 10분 전이었다.

'이렇게 오래 걸릴 리가 없는데.'

카로는 접시를 식기세척기 안에 넣고 발코니로 달려갔다. 그곳에서는 쿤스베그 거리를 한눈에 볼 수 있었다. 이리저리 보았지만 엄마의 진한 감색 차는 보이지 않았다. 서로 만났으면 벌써 도착하고도 남을 시간이었다. 아니면 다른 곳으로 간 것일까? 카로는 시들은 목마가렛꽃 몇 줄기를 뽑아냈다. 만약 다른 곳으로 갔다면 엄마는 카로에게 집에 있을 건지 물어보지 않았을 것이다.

바로 그 순간 카로는 엄마의 차가 쿤스베그 거리로 들어오는 것을 보았다. 2분 전까지만 해도 반대편 차도에 주차할 자리가 있었는데 지금은 한 곳도 보이지 않았다. 엄마는 주차된 차들을 천천히 지나 거리 끝에서 우회전을 했고 2분 뒤 거리 반대쪽 끝에서 다시 나타났다. 여전히 주차할 곳은 없었다. 카로는 엄마가 투덜대고 있을지도 모른다고 생각했다. 적어도 엄마가 카로와 함께 있을 때는 그랬다. 어쩌면 그 사람과 같이 있을 때는 다를지도 모르겠다. 카로는 알 수 없었다. 갑자기 차가 거리 한가운데 멈추더니 문이 열리고 그 사람이 내렸다. 왜 저 끔찍한 파카를 입고 있는 걸까? 그 사람은 트렁크를 열어 서류가방과 옷가방을 끄집어 냈다. 엄마는 그 사람을 향해 손을 흔들더니 창문을 올린 뒤 앞으로 나아갔다.

그 사람은 현관에 도착하자 잠시 멈추어 서서 위를 올려다보았다.

"안녕, 카로."

그 사람이 먼저 인사를 했다.

"안녕하세요."

"기차가 늦게 도착했어."

"그랬군요."

그 사람은 출입구 안으로 들어섰고 카로는 복도로 달려 나갔다. 그 사람의 발소리가 점점 더 가까이 들려왔다. 그 사람은 순식간에 2층으로 올라왔다. 카로는 그 사람을 위해 문을 열어 줘야 하나 아니면 그 사람이 문을 열고 들어오게 해야 하나 고민했다.

카로는 문을 연 채 심호흡을 하고 숨을 멈추었다.

'나쁜 일은 일어나지 않을 거야.'

그 사람은 카로를 보자마자 환하게 미소를 지어 보였다.

"마침내 도착했구나."

그 사람이 짐들을 내려놓으며 말했다.

카로는 그 사람에게 손을 내밀었다. 달리 무얼 해야 좋을지 알지 못했기 때문이다. 그 사람은 두 손으로 카로의 손을 잡고 지그시 눌렀다.

"들어오지 않으실 거예요?"

카로가 그 사람의 짐들을 가리키며 물었다.

그 사람은 고개를 끄덕였고 짐들을 엄마의 방 안에 들여놓았다.

"목마르세요?"

"그래."

"콜라, 우유, 사과주스, 오렌지주스, 탄산수, 그리고 차가 있어요."

"탄산수."

그 사람은 카로와 함께 주방으로 들어가서 창가에 있는 의자에 앉았다.

"고양이들이 아직 저기에 있네?"

"네. 며칠 전부터 다시 싸우기 시작했어요."

카로가 그 사람에게 유리잔을 건네고는 콜라를 직접 따라 주었다.

"우리도 예전에 고양이가 있었어."

그 사람이 말했다.

"그래요? 죽었나요?"

"아니, 내 아들과 같이 살고 있어."

"뭐라고 불러요? 아들 말이에요."

"안드레아스."

"몇 살이에요?"

"열일곱 살."

그 순간 문이 열렸다.

"안녕!"

엄마가 밝은 목소리로 인사했다.

"어디 있니?"

사실 카로는 엄마가 주차할 곳을 찾는 데 시간이 좀 더 걸리기를 바랐다.

세 사람은 함께 차와 케이크를 먹었다. 카로가 가장 좋아하는 버터 쿠키 위에 산딸기와 블랙베리를 얹은 케이크였다. 카로가 예상했던 것처럼 엄마는 쉬지 않고 이야기했다. 기차가 늦은 것과 주차할 곳이 없었던 것, 그리고 조이너 할아버지의 고양이들이 싸우는 것에 대해. 그다음에는 카로의 프랑스 여행에 대해 말하기 시작했다. 카로는 더는 참지 못하고 자신의 방으로 들어갔다.

저녁 식사 때도 마찬가지였다. 카로는 엄마에게 잠깐만이라도 말 좀 그만하라고 말하고 싶었다. 이런 수다는 틀림없이 마틴도 지치게 만들 테니까.

"아이스크림 먹으러 갈까? 어떻게 생각하니?"

잠시 뒤 엄마가 물었지만 카로는 고개를 가로저었다.

"평소에는 아이스크림 무지 먹고 싶어 했잖아."

엄마가 놀란 표정으로 말했다.

"오늘 저녁에는 먹고 싶지 않아요."

카로가 중얼거렸다.

그날 밤 카로는 침대에 누워 마틴이 자신에게 말했던 것을 생각했다. 아마도 마틴과 이야기할 기회를 다시 만들어야 할 것 같았다.

그 영화를 보다

다음 날 아침 카로와 리카는 자전거를 타고 크루그코펠 다리에서 만났다. 비가 올 것 같아 카로는 수영용품은 챙겨 오지 않았다.

"그래, 어떻게 됐니?"

리카가 물었다.

"좋았어. 엄마가 주차할 곳을 찾느라 없었을 때는. 엄마는 집에 오자마자 쉬지 않고 이것저것 얘기했지. 그래서 아저씨와 나는 말 한 마디 끼어들지 못했어."

"흥분하셨나 보다."

"음......"

"그분은 얼마나 계셔?"

카로가 어깨를 으쓱했다.

"큰 옷가방을 가져왔어."

"그러면 금세 떠나지는 않겠다."

"그렇지."

"알스터 호수나 한 바퀴 돌아볼까?"

"좋아."

둘은 자전거 페달을 밟았다.

"근데 너네 아빠는 뭐 하시는 분이니?"

잠시 뒤 리카가 물었다. 사실 카로도 그게 궁금했다.

"어쩌면 실업자일지도 몰라."

"설마."

"글쎄, 모르지."

솔직히 카로는 마틴이 실업자일 거라고는 생각하지 않았다. 어제 오후 마틴이 서류들을 넘기며 훑어보는 것을 보았기 때문이다. 마틴은 어디에 있든 자신의 일을 하는 것처럼 보였다.

그날 저녁 엄마는 마틴과 함께 외출할 거라고 말했다. 엄마는 새로 산 녹색 실크 블라우스와 딱 붙는 바지를 입었고 뾰족 구두를 신었다.

"근사해 보여요."

"고맙구나."

"어디 가세요?"

엄마가 망설였다.

"어, 어, 영화 보러."

카로는 같이 가도 되는지 물어볼 뻔했으나 엄마가 마틴과 단둘이 가는 것을 더 좋아하는 것처럼 보여 아무 말도 하지 않았다.

카로는 엄마가 돌아오기 전에 잠이 들었는데, 엄마가 뒤꿈치를 들고 조심스럽게 다가오는 것을 느끼고서야 잠에서 깼다.

"그냥 이불을 잘 덮어 주려고 왔어."

"영화는 재미있었어요?"

엄마는 고개를 끄덕이고 카로에게 잘 자라며 입맞춤을 했다. 그 순간 카로는 엄마가 울었다는 것을 알 수 있었다.

"왜 그래요?"

엄마가 카로의 머리를 쓰다듬었다.

"아무 일도 아냐. 어서 자렴."

카로는 옆으로 돌아누워 눈을 감았다. 그제야 카로는 어떤 영화였는지 물어보는 것을 깜박한 게 생각났다.

다음 날 카로는 엄마의 방에 걸려 있는 녹색 블라우스를 보고 어제저녁 엄마가 울었다는 사실이 떠올랐다. 영화가 무척이나 슬펐던 걸까? 아니면 엄마와 마틴이 다투었나?

바로 그때 주방에서 두 사람의 웃음소리가 들려왔다.

카로는 마음을 놓고 자신의 방으로 들어갔다. 어제저녁 무슨 일이 벌어졌는지는 몰라도 중요한 것은 모든 게 다시 괜찮아졌다는 것이다.

카로는 안뜰을 내려다보았다. 고양이들은 웬일인지 햇볕 아래 사이좋게 나란히 누워 있었다. 이제 카로는 고양이들을 볼 때마다 아들과 함께 고양이도 잃어버린 마틴이 생각날 것이다. 카로는 언제쯤 마틴과 다시 이야기를 나눌 수 있을까?

며칠 뒤 카로는 주방에서 마틴이 신문을 읽고 있는 것을 보았다. 엄마는 직장 동료를 만나러 외출하고 없었다. 직장에서 새로운 교육과정을 짜느라 조금 바빴다.

"물어보고 싶은 게 있어요."

카로가 식탁에 앉으며 말했다.

"뭐든 물어보렴."

마틴이 신문을 내려놓으며 말했다.

"무슨 일을 하세요?"

"아, 나는 감독이란다."

카로가 입을 벌린 채 되물었다.

"감독이요?"

"그래. 영화를 만들지."

"어떤 종류의 영화요?"

"장편 영화. 극장에서 상영되는."

"그러면…… 영화는 어떻게 만드는데요?"

"긴 과정이 필요하지. 먼저 좋은 시나리오가 필요해. 직접 쓰던지 시나리오 작가한테서 구해야 하지. 그런 다음 어떤 장면은 현장에서 찍고 또 어떤 장면은 스튜디오에서 찍을지를 결정해야 해. 그러고 나면 적합한 장소와 배우를 찾아야 하고. 무엇보다 가장 중요한 것은 제작비를 대 줄 사람을 만나는 거지. 지금까지 나는 운이 좋았어. 바벨스베르크에 있는 DEFA(동독의 국영 영화사)에 소속되어 있었거든. 앞으로는 어떻게 될지 모르지만."

"바벨스베르크는 어디에 있어요?"

"독일 동부에 위치한 포츠담에 있지."

도서관에서 마틴을 보았을 때 그가 놀라서 카로를 쳐다본 것처럼 카로도 마틴을 쳐다보았다. 아마도 그날 마틴은 카로를 염탐하지 않았을지 모른다. 어쩌면 진짜로 일을 하고 있었을지도.

"시나리오는 직접 쓰세요?"

"응. 내 이야기를 영화로 만들고 싶거든."

"지금도 영화를 만들고 있어요?"

"아니. 지금은 새로운 시나리오를 쓰고 있어. 불행하게도 이야기가 모두 엉켜 버렸지만."

"어떤 이야기예요?"

"베를린에서 일어난 일이고 1946년 2월에 아버지를 잃어버린 어린 소년에 관한 이야기야. 아버지는 발진티푸스로 죽었어. 소년의 어머니는 무척이나 연약했지. 그래서 소년은 굶어 죽지 않으려고 암시장에 나가 물건을 팔게 되지."

"무얼 파는데요?"

"소년의 가족이 가지고 있는 것은 무엇이든지. 은그릇들, 양탄자, 보석류 등. 가끔씩 어떤 사람이 소년에게 담배 몇 개비를 주기도 했지. 담배는 쉽게 음식과 교환할 수 있는 거거든."

마틴은 벗어진 머리를 손으로 쓰다듬었다.

"소년은 많은 사람들이 그렇듯 난로에 쓸 숯을 훔치기도 하지. 1945년에서 1946년은 믿을 수 없을 정도로 추운 겨울이었거든."

"할아버지가 말씀하셔서 알고 있어요."

"그래. 네 할아버지와 나는 자주 그런 이야기를 한단다. 할아버지는 그 모든 것들을 또렷이 기억하고 계시지."

"그런데 왜 그런 이야기에 그렇게 사로잡힌 거예요?"

"시나리오로 쓸수록 점점 더 그 이야기에 빠져드는 것 같아. 그래서 모든 것이 더디게 진행되는 것 같지만."

"그 이야기는 어떻게 쓰게 되었어요?"

"나도 어렸을 때 암시장에서 물건을 팔았거든."

"그러면 아저씨도…… 아저씨도 아빠가 돌아가셨나요?"

"아니. 다행히 아니야. 하지만 내 친구 중 하나가 그랬지."

"그 친구는 몇 살이었어요?"

"여섯 살. 나와 같은 나이였지."

카로는 숫자를 세기 시작했다. 그 당시 여섯 살이었다면 지금은 쉰 살이 되었을 것이다.

마틴이 웃음을 지었다.

"네가 보기에 나는 옛날 사람이지. 그렇지?"

"오, 그렇게 많이 옛날은 아니에요. 리카의 아빠는 쉰두 살이에요."

"그 말을 들으니 생각나는데…… 언젠가 리카를 한번 소개해 주겠니? 보고 싶구나."

"그래요. 리카도 만나 뵙고 싶어 할 거예요."

카로는 리카를 초대하려고 몇 번이나 전화를 걸었지만 리카네 가족 모두 집에 없는지 아무도 받지 않았다.

카로는 지금 어떻게 해야 할지 갈피를 잡지 못했다. 한마디로 마틴이 자신에게 해 준 이야기를 누군가에게 말하고 싶어 죽을 지경이었다. 그래서 할아버지를 보러 가야겠다고 생각했다. 한동안 만나지 못했으니까. 휴가 가기 전 할아버지와 같이 살았을 때 이후로 카로는 할아버지를 만나지 못했다.

"허니 커스터드 케이크 좋아하지?"

카로가 집 안으로 들어서자 할아버지가 물었다.

"음, 맛있겠네요!"

"그래, 먹어 보렴. 그리고 주스 줄까, 아니면 코코아?"

"주스요."

할아버지가 차를 끓이는 동안 카로는 탄산수와 사과 주스를 섞어서 가장 좋아하는 음료를 만들었다.

"집에 일들은 어떠니?"

"그리 나쁘지 않아요."

"네 엄마가 행복해하니까 앞으로는 엄마와 같이 살렴."

"음."

"물론 우리 둘이 사는 것도 좋긴 하지만."

카로가 침을 꿀꺽 삼켰다.

"할아버지?"

"오냐?"

"아저씨가 영화를 만든다는 거 알고 계셨어요?"

"응. 우리는 마틴의 새 시나리오에 대해 자주 얘기하곤 했단다."

"저는 오늘에서야 알았어요."

"아! 그러면 그때 그곳에 네가 없었구나."

"어디요?"

"영화관에."

"언제요?"

"지난 일요일이지, 아마."

카로는 고개를 가로저었다. 지난 일요일? 엄마가 영화를 보고 와
서 울었던 날이었다.

"영화 한 편이 여기 함부르크에서 상영되었어. 마틴이 수년 전
에 만들었던 영화지."

"아직도 상영하고 있어요?"

"모르겠네."

집으로 돌아오는 길에 카로는 영화 상영 전단지를 한 장 집어들었다. 카로가 잘 알고 있는 홀리 극장, 그린델 극장, 아바톤 극장에는 마틴의 영화가 없었다. 전단지를 살피던 카로가 공중으로 뛰어올랐다. 메트로폴리스 극장에서 상영한다는 문구를 확인한 순간이었다. 영화 제목은 '상실(Lost)', 감독은 마틴 클레스만이었다.

카로는 곧바로 리카에게 전화를 걸었다. 다음 날 함께 영화를 보러 갈 수 있는지 물어봐야 했으니까. 다행히 리카는 집에 있었다.

"어떤 영화야?"

"상실이라는 제목의 영화야."

"전혀 들어 본 적 없는데."

"나도 마찬가지야. 제발 함께 보자. 중요한 일이야."

"알았어."

"크루그코펠 다리에서 3시 반에 만나자."

"알았어. 그때 봐."

그날 밤 카로는 오랜 시간 잠을 자지 못하고 뒤척였다.

'엄청나게 슬픈 영화면 어떡하지? 그래서 엄마가 울어 두 눈이 빨개진 걸까?'

다음 날 카로가 주방에 들어서며 물었다.

"아저씨는 어디 있어요?"

"외출했어."

"어디로요?"

"시청 기록보관소에. 뭔가 찾을 게 있대. 일요일 저녁까지는 돌아가야 해서."

"아, 몰랐어요."

"다음 주에 베를린에서 아주 중요한 회의가 있대."

카로는 아쉬웠다. 이제 서로를 막 알아 가려던 참이었으니.

"너는 오늘 뭘 할 계획이니?"

엄마가 물었다.

"3시 반에 리카를 만나기로 했어요."

"수영 갈 거니?"

카로는 잠시 머뭇거렸다.

"봐서요."

카로가 크루그코펠 다리에 먼저 도착했다. 카로는 리카가 늦지 않기를 바랐다. 메트로폴리스 극장까지 가는 데 적어도 15분은 걸리니까.

마침내 리카가 숨을 헐떡이며 도착한 시간은 4시 20분 전이었다.

"미안. 맥스가 사라졌지 뭐야. 식구들이 모두 그 녀석을 찾아다녔어."

"그래서? 찾았어?"

"응. 옆집 꼬마들이 소시지로 유혹해 자기들 집으로 불러들인 거였어."

"다행이다. 그럼 이제 가자. 서둘러야 하거든."

"어떤 영화야?"

"아저씨가 만든 거야."

"뭐라고? 너네 아빠가 영화를 만들었다고?"

"그래. 나도 어제서야 알았어."

"좋아. 어서 서두르자."

두 사람이 메트로폴리스 극장에 도착한 시간은 4시 2분 전이었다. 표를 사고 자리가 거의 비어 있는 극장 안으로 들어갔다. 극장 안에는 몇몇 사람뿐이었다.

"무엇에 관한 영화인지 알아?"

"아니. 영화 전단지에는 사랑 이야기라고만 적혀 있는데. 독일 배경이고 독일 사람이 나와."

"너네 아빠가 아무 말도 해 주지 않았어?"

"영화를 보러 간다는 얘기를 하지 않았어. 물론 엄마에게도."

"떨리니?"

"음……."

영화관 안이 어두워지고 첫 번째 예고편이 상영되었다. 카로는 땀이 나기 시작했다. 1981년, 독일 사람, 독일 배경? 전에는 어떻게 한 번도 생각해 보지 않을 수 있었을까 싶었다.

"무슨 일이야?"

리카가 물었다.

"머리가…… 어지러워."

"나가고 싶니?"

"아니."

카로는 스크린을 뚫어져라 쳐다보았다. 스크린에 'DEFA'라는 흰색 글자가 나타났다. 그다음으로 '상실-각본&연출 마틴 클레스만'이라는 글자가 나타났다.

눈 덮인 도시를 찍은 흑백 사진들이 나왔다. 그리고 강과 산, 오래된 빌딩들이 나왔다. 남자와 여자가 서로 손을 잡고 강둑 위에 서서 강물을 바라보았다. 여자는 젊다. 남자보다 훨씬 더 젊다. 긴머리칼이 바람에 흩날렸다. 목에는 줄무늬 모직 스카프를 둘렀다.

카로는 숨을 참았다. 엄마도 비슷한 스카프를 자주 했다. 카로가 아주 어렸을 때 엄마와 함께 찍은 사진을 보면 알스터 호수 위에 서서 카로는 카메라를 향해 손을 흔들고 있었고 엄마는 스카프를 두르고 있었다.

마치 꿈을 꾸는 것처럼 카로의 눈앞에 여러 장면들이 스쳐 지나갔다. 호수, 농장, 공동묘지 등. 그리고 남자와 여자는 상대방을 절대 보내지 않을 것처럼 끊임없이 웃고 입을 맞추고 껴안았다.

다른 모든 사람들은 멀리, 저 멀리 있는 것처럼 보였다. 기껏해야 종업원 하나, 짐꾼 하나, 농장에 한 사람 정도 있었다. 남자와 여자는 그들과 몇 마디 말을 나눌 뿐 농장 오두막에 있는 소파에 앉아 시간을 보냈고, 공동묘지에서 산책을 했고, 이야기를 나누고 책을 읽고 또 입을 맞추었다.

카로는 점점 참을성을 잃어 갔다. 그들의 삶은 사람들이 보통 살아가는 방식이 아니었다. 소파에 둥글게 모여 앉아 사람들은 무얼 했단 말인가? 사람들은 어디서 살았고, 어디서 일했고, 어디서 친구를 만났단 말인가? 그리고 그때 갑자기 장벽이 나타났다. 아무 음향도 없이. 정말 전혀 없었다. 스크린을 둘로 가르는 장벽뿐이었다.

카로는 관자놀이가 욱신욱신 아파 왔다. 통증이 멈추지 않았지만 카로는 눈을 감지 않으려고 애썼다.

이제 남자와 여자가 따로 떨어져 있는 것을 보여 주는 장면들이 나왔다. 여자는 도서관 책상에 앉아 있었고, 때로는 친구와 함께 있었다. 반면에 남자는 영화 카메라를 들고 있었고, 때로는 어린 아들과 함께 있었다.

두 사람은 다시 만났지만 서로 다투었다. 둘 다 이야기했고 둘 다 소리를 질렀다. 누구도 상대방 말을 듣지 않았다. 그리고 다시 장벽이 나타났다. 마지막 장면에서는 국경선에 서 있는 남자를 보여 주었다. 그 남자는 서독에서 온 방문객들이 그들의 친구와 친척을 만나는 것을 지켜보았다. 그 남자는 누군가를 기다리는 것처럼 보였지만 아무도 나타나지 않았다.

카로의 뺨에는 눈물이 흘러내렸다. 그다음 스크린에 뭐가 나타나는지도 보지 못할 정도였다.

"저 영화가 무엇을 말하는지 알고 있었어?"

영화관 밖으로 나온 뒤 리카가 묻자 카로가 고개를 가로저었다.

"저 영화는 1981년에 바로 상영 금지되었고, 1990년 2월에서야 처음으로 상영을 했다는 거야."

리카는 카로를 향해 몸을 돌렸다.

"야, 카로, 울고 있잖아."

카로의 눈에서 눈물이 줄줄 흘러내렸다. 리카는 카로를 꼭 안아 등을 쓰다듬었다. 카로가 울음을 그칠 때까지 둘은 그렇게 서 있었다.

"나, 나는 몰랐어. 저런 것인 줄."

카로가 말하며 웃으려 애썼다.

"뭐 좀 마시러 갈까?"

"좋아."

멀지 않은 곳에 아이스크림 가게가 있었다. 둘은 바로 뒤쪽에 자리를 발견했고 콜라 두 잔을 주문했다.

"대단한 이야기였어, 정말로."

리카의 말에 카로가 고개를 끄덕였다.

"정말로 저랬을 거라고 생각하니?"

"모르겠어."

"어쩌면 너한테 이복형제가 있을지도 모르겠다."

"그렇대."

"정말로?"

"응."

"몇 살인데?"

"열일곱 살."

"만나 본 적 있어?"

"아니. 베를린에 살아. 자기 엄마와 할머니, 할아버지와 함께."

"너네 아빠하고는?"

카로가 고개를 가로저었다.

"아저씨는 엄마를 만나기 전에 이혼했대."

카로는 콜라를 단숨에 다 마셔 버렸다.

"네가 언제 우리 집에 놀러올 수 있는지 물어보시더라."

"당연히 가야지."

"함부르크에 다시 오시면 그때 와."

"무슨 말이야? 또 가시는 거야?"

"응, 일요일에."

"빨리 돌아오시라고 말해 줘."

"그럴게."

카로가 손으로 눈물을 닦으며 말했다.

"수영하러 갔었니?"

카로가 집에 도착하자 엄마가 물었다.

"아니요."

"그래? 그러면 어디 있었니?"

"자전거 타러 갔어요."

카로는 작은 소리로 말하고는 방 안으로 들어갔다. 마틴의 영화를 보러 갔다는 말을 엄마에게 할 수 없었다. 엄마가 다시 울지도 모르니까. 카로는 그렇게 되는 것을 원하지 않았다. 그리고 그이야기가 무지무지 슬프다는 것을 알게 된 사실을 엄마에게 알리고 싶지 않았다.

둘만의 시간

"우리 엘베 강으로 외출할까요?"

아침 식사 때 카로가 물었다.

"오늘 할아버지와 함께 쇼핑하기로 약속했거든."

엄마가 대답했다.

"나랑 카로랑 둘만 가는 건 어때?"

마틴이 제안하자 카로가 흔쾌히 대답했다.

"그래요. 우리끼리 소풍 가요."

"기차를 타야 할 거야."

엄마의 말에 카로는 고개를 가로저었다.

"버스 타는 게 더 좋아요."

"내 생각도 그래."

마틴이 덧붙여 말했다.

"버스를 타면 시간이 한참 걸릴 거예요."

"괜찮아요."

카로가 버스 시간표를 살피며 말했다.

"카로야, 샌드위치에 뭘 넣어 줄까?"

마틴이 물었다.

"햄과 까망베르 치즈요."

"과일은 뭘 넣을까?"

"사과요."

카로는 가방에 물과 땅콩초콜릿 바를 넣었다.

두 사람은 에펜도르페르 마켓까지 가는 106번 버스를 타고 토이펠스브릭 다리까지 가는 39번 버스로 갈아탔다. 버스를 타는 동안 카로는 혹시나 학교 친구가 버스에 타면 무슨 일이 일어날지 궁금했다. 그런 생각도 잠시였고 카로는 다른 일들을 생각하기 시작했다.

"엄마를 어디서 처음 만났어요?"

"알렉산더 광장에 있는 서점에서. 모든 게 꽁꽁 얼어붙은 날이었지."

"그때 엄마는 동베를린에서 뭘 하고 있었어요? 엄마는 서베를린에 있는 대학에 다니고 있었는데."

"맞아. 그 당시 엄마는 동베를린을 방문할 수 있는 하루짜리 비자를 받았어. 반대편 도시에는 한 번도 가 본 적이 없었거든."

"엄마한테 먼저 말을 걸었어요?"

"응."

마틴이 밝게 웃으며 말했다.

"엄마는 마르크스와 엥겔스에 대한 책으로 가득 차 있는 서가 앞에 있었는데 길을 잃은 듯한 모습이었지. 엄마한테 특별히 찾는 게 있는지 내가 물어보았어. 그러자 엄마가 고전이라고 적혀 있는 서가 위 표지판을 가리키며 그렇다고 말하더라. 서독에서는 고전이라고 하면 괴테나 쉴러가 쓴 책들을 말하거든. 나는 설명해 줬어. 우리 동독에서는 좀 다른 것을 의미한다고. 그리고 독일인들은 자기만의 고전을 갖고 있다고. 그 말이 우리 두 사람을 웃게 했고, 그런 다음에 우리는 함께 커피를 마셨어."

"그러면 그날 엄마와 사랑에 빠진 거예요?"

"응."

"엄마는 언제 다시 돌아왔나요?"

"일주일 뒤. 그리고 그 뒤로 매주 왔지."

카로는 영화에서 본 스카프와 소파에서의 시간, 그리고 공동묘지에서의 산책에 대해서도 물어봐야 하나 고민했다. 바로 그때 버스가 토이펠스브릭 다리에 멈췄다.

"벌써 도착했나 보다?"

마틴이 묻자 카로가 고개를 끄덕였다. 버스 여행이 평소보다 훨씬 더 짧게 끝난 느낌이었다.

두 사람은 엘베 강가를 따라 걸었다. 그리고 얼마 뒤 카로가 무척 좋아하는 수양버들이 늘어서 있는 작은 모래사장에 이르렀다.

"여기 그늘에 앉을까요?"

마틴이 고개를 끄덕였다.

두 사람은 도시락으로 싸 온 샌드위치 포장을 풀고서 먹기 시작했다.

"정말로 엄마와 호수에도 가고 농장에도 갔어요?"

카로가 묻자 마틴이 놀란 눈으로 쳐다보았다.

"엄마가 말해 줬니?"

"아니요."

"그러면 어떻게 그걸 알아?"

"그냥 알게 됐어요."

"혹시 최근에 영화관에 갔니?"

"그럴지도 모르고요."

"있잖아, 엄마와 나는 다 같이 영화를 보러 가길 바랐어."

"제가 원하지 않았을 거예요."

"그럴 수 있지. 엄마도 그걸 원하진 않았어."

"그때 이야기를 해 줄 수 있어요?"

"내 친구가 농장에 오두막을 갖고 있어서 우리는 거기서 많은 시간을 보냈단다."

"그곳에서 제가 생겼나요?"

"응."

"아직 그 농장이 있어요?"

"그래, 엄마와 나는 여름에 그곳에 갔지."

"언젠가 저도 그곳에 가 보고 싶어요."

"그래, 두 사람이 주말을 보내러 베를린에 오기만 한다면."

"그래요."

카로는 사과를 한 입 베어 물었다.

"그런데 왜 그 오두막에서 많은 시간을 보냈어요?"

"나는 국가 기관이 두려웠어. 그들은 동독 대중들과 자주 충돌했지. 내 영화 중 한 편은 아무 이유 없이 바로 상영 금지가 되었어."

"그리고 이 영화도요?"

"그래, 이 영화도 상영 금지가 되었어. 반국가 영화로 분류되었거든. 나는 동독과 결코 좋은 관계를 갖지 못했어."

"탈출은 생각해 본 적 없어요?"

"있었지. 하지만 그럴 용기가 없었어. 그리고 앞날을 장담할 수 없었어. 엄마에게 보낸 편지가 모두 되돌아왔으니까. 엄마가 나를 여전히 사랑하는지 확신할 수가 없었어."

"그럼 언제부터 엄마를 찾기 시작했어요?"

"장벽이 붕괴된 날 밤부터. 나는 엄마가 함부르크에서 왔다는 것을 알고 있었지. 그래서 바로 그다음 날 서베를린으로 갔고 함부르크 전화번호부에서 엄마의 주소를 찾아보았어. 그 뒤 몇 번이나 편지를 쓰려고 시도했지만 제대로 되지 않았어. 그래서 어느 날 늦은 저녁에 그냥 전화를 걸었지."

"그래서요?"

"아무 일도 없었어. 누가 전화를 받기 전에 끊었거든."

"왜요?"

"왜냐면…… 나는 두려웠어."

"무엇 때문에요?"

"아, 온갖 생각을 다 했지. 그동안 엄마가 결혼을 해서 여러 자
녀들과 함께 행복하게 살고 있을지도 모르니까. 하지만 우리 사이
에 아이가 있을 거라는 생각은 조금도 해 본 적이 없어."

"이상하네요."

"나도 여전히 이상하다고 생각해."

"그러면 언제 함부르크에 올 결심을 한 거예요?"

"5월 2일, 아주 이른 아침에. 그냥 왔어. 물론 내가 그렇게 할
수 있을 거라고는 나도 알지 못했지. 너희 집 현관 벨을 누르는
것 말이야. 3월 말에는 너희 집 밖에서 몇 시간 동안이나 서 있
기도 했어."

"정말요?"

"응."

"그래서 엄마를 만났어요?"

"아니."

"만약 네가 태어났다는 것을 알았더라면 나는 너를 보러 왔을

거야."

마틴이 카로를 보고 고개를 끄덕였다.

"네 엄마는 자신을 몹시 원망하고 있어. 나쁜 뜻은 아니었지만 네가 자라는 동안 아빠가 죽었다는 거짓말을 한 것 때문에."

"아직도요?"

"응. 그것 때문에 너랑 나랑 친해지기 어려운 거라고 엄마는 생각하지."

"음……."

"엄마는 나를 자기 인생에서 밀어내려고 했어. 그것은 엄마가 이별을 극복하는 유일한 방법이었으니까. 네가 그걸 이해할 수 있을지 모르겠다."

"그랬군요. 그런데 어느 날 갑자기 나타나면 엄마가 두렵지 않았을까요?"

"카로, 갑자기 장벽이 무너질 거라고 생각한 사람은 아무도 없었어."

"엄마를 많이 그리워했어요?"

"그럼. 한 번도 엄마를 잊어 본 적이 없어."

"그 영화는 왜 만들었어요?"

"그 모든 일에서 나를 해방시키기 위해서."

"효과가 있었어요?"

"아니."

카로는 모래 위에 누워서 나무를 올려다보았다.

"영화 마지막 부분에 왜 다투게 된 거예요?"

"끔찍한 일이었지."

마틴의 목소리가 갈라졌다.

"그때 여름이 되면 영화를 만들러 레닌그라드에 갈 거라고 엄마에게 미리 말했어. 그러자 엄마는 그곳에 나를 만나러 온다고 했고 함께 좋은 시간을 보내자는 아이디어도 냈어. 그런데 내가 가능할 것 같지 않다고 말했지. 이미 아들과 함께 레닌그라드에 가는 걸로 계획을 세워 놓았기 때문이야. 그래서 엄마는 내가 엄마보다 내 아들을 더 중요하게 여긴다고 생각한 거지."

"아저씨 아들은 나와 엄마에 대해 알고 있나요?"

"최근에 말했어."

"그리고요?"

"글쎄다, 그 애는 내게 두 번째 아이가 있다는 이야기를 듣고 그리 기뻐하는 것 같지 않더라. 그렇다고 많이 놀라지도 않았어. 아마도 나와는 달리 그 애는 그런 비슷한 일을 이미 짐작했을지도 몰라."

"그래서 지금은 사이가 좋아요?"

"그렇게 나쁘지는 않아. 자주 만나지는 않지만."

"언젠가 저도 아저씨 아들을 만날 수 있을까요?"

"그럼, 언젠가는. 당분간은 그 애도 모든 일을 받아들일 시간이 필요하지만.”

“기다릴 수 있어요.”

마틴이 밝게 웃었다.

“그래, 그런 일에는 네가 더 전문가구나.”

“좀 더 걸을까요?”

“응.”

두 사람은 자리를 정리하고 일어났다.

나무 그늘 아래 있다 보니 카로는 날씨가 얼마나 더운지 느끼지 못했다. 더운 열기로 인해 아지랑이가 피어올랐다. 멀리서 화물선이 한 척 떠가고 있었는데 점점 더 작아져 갔다. 카로는 문득 마틴이 내일 저녁이면 베를린으로 되돌아간다는 사실이 떠올랐다.

“다음 주말에 돌아오실 거예요?”

“그럴 생각이야.”

함부르크와 베를린 사이

일요일 저녁 카로의 방은 혼돈 그 자체였다. 방학이 끝나면 언제나 그랬던 것처럼 카로는 개학한 다음 필요한 물품들을 준비하느라 분주했다.

삼각자를 찾기 위해 서랍을 열었을 때 카로는 놀라지 않을 수 없었다. 그 목걸이! 마틴이 처음 나타난 날 서랍 속에 던져 넣은 목걸이가 놓여 있었다.

카로는 목걸이에 달려 있는 연푸른 보석을 손끝으로 만지작거렸다. 카로가 그 목걸이를 걸고 있으면 마틴은 무슨 말을 할까? 어쨌든 마틴은 목걸이를 엄마에게 주었지 카로에게 준 것은 아니었으니까.

카로는 목걸이를 목에 걸고서 거울을 보았다. 어쩌면 마틴은 목걸이를 기억하지 못할 수도 있을 것이다.

"세상에나! 그 목걸이!."

금요일 저녁, 카로와 엄마가 역으로 마중을 나가 마틴을 차에 태웠을 때 마틴이 카로를 보고 처음 꺼낸 말이었다.

"지난번 생일 선물로 엄마가 줬어요."

"내가 준 거 알고 있었니?"

카로는 고개를 끄덕였다.

"카로가 정말 좋아했어요."

엄마가 말했다.

"그래요, 내가 드디어 아빠한테서 뭔가를 받게 되었기 때문이에요."

"돌아가신 아빠 말이지?"

"그…… 렇죠."

"그런데 그 아빠가 살아서 돌아왔을 때 네가 가장 먼저 한 일은 그 목걸이를 벗어 던지는 것이었겠구나."

"그렇죠."

마틴이 웃었다.

"그렇구나. 그걸 한 번 이야기해 보렴."

"차라리 안 하는 게 나아요."

"어찌 되었건 그 목걸이 너한테 참 잘 어울리는구나."

"고마워요."

카로는 리카가 토요일에 놀러오면 노 젓는 보트를 빌릴 수도 있겠다고 생각했다. 하지만 토요일이 되자 비가 많이 내리기 시작했다.

"우리는 그냥 실내에 머물러야 할 것 같은데."

엄마가 말했다.

"근데 그냥 둘러앉아 수다나 떨고 싶지는 않아요."

현관 벨이 울렸을 때 카로는 너무 긴장한 나머지 두 손에서 땀이 났다. 단지 리카를 만난다는 이유만으로 그런 적은 한 번도 없었다. 예전처럼 지루한 오후가 되지만 않았으면! 리카네 집에서는 결코 그런 적이 없었으니까.

결국 모든 일이 순조롭게 흘러갔다. 카로가 주방에서 건포도 케이크를 가져오는 동안 마틴과 리카는 끊임없이 웃고 있었다. 카드 게임을 할 때는 모두 웃느라 배꼽이 빠질 지경이었다.

"오늘 재밌었니?"

엄마가 침대에 누운 카로에게 입을 맞추며 물었다.

"네."

"마틴과 나는 지금 뭔가를 생각하고 있어."

"뭘요?"

"다음 주말에 우리 모두 베를린에 갈 수도 있어."

"좋아요."

"원한다면 리카도 같이 갈 수 있는데."

"정말요?"

"응. 마틴이 사는 아파트는 우리 모두가 지내도 될 만큼 넓거든."

"내일 리카에게 물어볼게요."

다음 날 아침은 날씨가 좋았다. 카로는 리카를 수영장에서 볼 때까지 기다릴 수 없었다.

"벌써 가니? 아직 30분이나 남았는데?"

엄마가 물었다.

"괜찮아요."

카로는 그렇게 말하고는 지하실로 쏜살같이 달려 내려갔다.

카로가 자전거를 가지고 올라오자 현관 입구에서 베커 아주머니가 자신의 개를 쓰다듬고 있었다.

"그 연인이 이제는 아예 집에 눌러살려고 하는 것 같구나."

베커 아주머니가 능글능글 웃으며 말했다.

"그냥 엄마의 연인이 아니에요. 제 아빠라고요."

카로가 또박또박 말했다.

"네 아빠? 네 아빠는 죽은 걸로 아는데."

베커 아주머니가 눈을 동그랗게 뜨며 되물었다.

"우리 모두가 잘못 알고 있었어요."

카로는 그렇게 말하고는 놀란 표정의 베커 아주머니를 지나쳐 자전거를 타고 내달렸다.

리카가 수영장 입구에서 기다리고 있었다.

"다시 목걸이 했네. 좋아 보여."

리카가 환하게 웃어 보이며 말했다.

"고마워."

"너네 아빠 정말로 괜찮은 분 같아."

"두 분이 계획을 세우셨는데."

"무슨 계획?"

"다 함께 베를린으로 가는 것."

"나도?"

"응, 다음 주에 함께 가자."

"우와, 환상적인데."

"너네 부모님이 허락하실까?"

"당연하지. 지금 당장 전화해서 여쭤 봐야겠어."

리카가 전화를 하고서 폴짝폴짝 뛰며 돌아왔다.

"전혀 문제없어."

"만세!"

카로도 폴짝폴짝 뛰며 소리쳤다.

"자, 이제 물에 들어가자!"

시간이 금세 지나갔다. 카로와 리카는 점심으로 감자 칩에 케첩을 곁들여 먹었다. 어느새 오후가 되었고 아이스크림이 먹고 싶은 생각이 들 때까지 놀았다.

집으로 가는 길에 둘은 크루그코펠 다리까지 함께 걸었다. 그러다 자전거를 다리 난간에 세워 놓고 강물을 바라보았다. 강물은 햇빛을 반사하고 있었다.

"그럼 모든 게 잘 해결되고 있는 거지?"

리카가 물었다.

"뭐가?"

"그냥 내 생각에는 너네 아빠는 베를린에 사시고 너는 함부르크에 살고 있으니까."

"그래서?"

"언젠가 네가 베를린으로 이사 가야 할지 모르잖아. 두렵지 않아?"

카로는 귀에서 윙윙 소리가 들려오는 것만 같았다. 그런 일은 한 번도 생각해 본 적이 없었다.

"만약 그렇게 되면 우린 어떡하지?"

리카가 물었다.

"모르겠어."

카로가 대답했다.

"너네 엄마 아빠가 그런 이야기를 하신 적은 없어?"

카로는 고개를 가로저었다. 엄마는 어제 마틴이 사는 아파트가 넓다고만 했다.

"어쩌면 너는 여기 살 수도 있지."

카로는 고개를 끄덕였지만 어쩐지 기분이 가라앉는 느낌이었다.

"밥을 안 먹었네."

저녁 식사 때 엄마가 말했다.

"무슨 일 있니?"

카로는 숨을 깊이 들이쉬었다.

"오늘 리카랑 얘기했는데요……."

"왜? 베를린에 함께 못 간대?"

마틴이 물었다.

"아니요. 함께 갈 수 있대요."

"그런데?"

"리카는 우리가 언젠가 베를린으로 이사 가게 될까 봐 걱정하고 있어요."

엄마와 마틴은 서로 마주 보았다. 두 사람이 벌써 계획한 일일까?

"우리는 아직 그 어떤 결정도 내리지 않았는데, 카로 생각은 어때?"

엄마가 물었다.

"나는 함부르크를 떠나고 싶지 않아요."

"그래, 나도 그래. 그리고 그건 내 일 때문에도 어려운 일이야."

카로는 숨을 내쉬었다.

"그리고 나는 베를린에 있는 내 아파트를 그대로 두고 싶어. 당분간 그곳에서 영화 만드는 작업을 계속해야 할 것 같아. 하지만 함부르크에서도 좀 더 많은 시간을 보내고 싶어."

마틴이 말했다.

"더 큰 집을 얻을 만큼 충분한 돈이 있어요?"

카로의 질문에 엄마가 고개를 가로저었다.

"마틴은 우리 거실에서 지내고 우리는 가끔씩 베를린에 가면 어떨까?"

마틴의 입꼬리가 살짝 올라갔다.

"그런 말은 한 번도 한 적이 없잖아요?"

"그랬죠. 절대 한 적이 없죠. 나도 오늘 그런 제안을 할 줄 몰랐어."

엄마의 말에 카로가 밝게 웃어 보였다.

"내가 문제를 일으킨 건가요?"

"전혀 아니야!"

엄마가 소리쳤다.

"엄마도 내 일을 여러모로 망쳤잖아요."

카로의 말에 마틴이 고개를 끄덕이며 말했다.

"가끔씩 나는 절대 이 집에 오지 못할 거라고 생각했어."

세 사람은 잠시 아무 말도 없었다. 카로는 심장이 두근두근 빠르게 뛰는 것을 느꼈다.

"아빠가 이 집에 온 건 잘한 일이에요."

카로는 처음으로 마틴에게 '아빠'라는 말을 하고는 빵 한 조각을 집어 들었다. 어쩐지 빈속을 채우고 싶었다.

마음을 꿈꾸다 02

두 개의 장벽 _Over the wall_

초판 1쇄 펴낸날 2020년 4월 27일

글 레나테 아렌스 **옮김** 정선운

펴낸이 허경애

편집 김성화 **디자인** 최정현 **마케팅** 정주열

펴낸곳 도서출판 꿈터

출판등록일 2004년 6월 16일 제313-204-000152호

주소 서울시 마포구 양화로 156, 엘지팰리스빌딩 825호

전화번호 02-323-0606 **팩스** 0303-0953-6729

이메일 kkumteo77@naver.com

블로그 http://blog.naver.com/yewonmedia

인스타 kkumteo

ISBN 979-11-88240-66-1(44890)

First published in 2000 as Die Welt Steht Kopf in Stuttgart, Germany by Thienemann Verlag
First published in English in 2010 as Over the Wall in Dublin, Ireland by Little Island Books
© Renate Ahrens 2000 The author has asserted her moral rights.
Korean language edition ©2020 by Kkumteo Publishing Company / Yewon media
Korean translation rights arranged with Little Island Books Ltd. through Mr. Ivan
Fedechko, IFAgency, Lviv, Ukraine and EntersKorea Co., Ltd., Seoul, Korea.
이 책의 한국어판 저작권은 (주)엔터스코리아를 통한 저작권사와의 독점 계약으로 꿈터&예원미디어가 소유합니다.
저작권법에 의하여 한국 내에서 보호를 받는 저작물이므로 무단전재와 무단복제를 금합니다.

이 도서의 국립중앙도서관 출판예정도서목록(CIP)은 서지정보유통지원시스템 홈페이지(http://seoji.nl.go.kr)와
국가자료종합목록 구축시스템(http://kolis-net.nl.go.kr)에서 이용하실 수 있습니다.(CIP제어번호 : CIP2020014225)

* 잘못된 책은 구입하신 서점에서 바꾸어 드립니다.

꿈꾸다 는 꿈터의 청소년 브랜드입니다.